Mon Cher ami

Luc Blanvillain

Mon Cher ami

Illustré par Arnaud Boutin

l'école des loisirs
11, rue de Sèvres, Paris 6e

Loi n° 49.956 du 16 juillet 1949 sur les publications
destinées à la jeunesse : août 2019
Dépôt légal : août 2019
Imprimé en France par Clerc
à Saint-Amand-Montrond

ISBN 978-2-211-30436-8

Bon, allez. On commence par la date.

Mercredi 3 février, 18 h 29

Et je possède quarante-trois euros tout ronds.

C'est énorme ! Je touche au but. Plus que vingt-deux pour pouvoir me payer la nouvelle version de Dragons d'or.

Si je l'avais, croyez-moi, je ne serais pas en train de gribouiller sur ce carnet idiot que ma mère m'a offert au départ pour compter mon argent de poche. Et puis, finalement, je ne sais pas, je me suis mis aussi à y écrire *des choses*.

Des choses sur moi.

Et c'est très agréable. Quand je fixe mes pensées sur le papier, elles ont l'air plus consistantes. Ainsi, en ce moment, je me dis que je n'arriverai jamais à gagner cette somme avant au moins cinq siècles. D'ici là, la planète aura explosé, et je serai vieux.

Vingt-deux euros. Ça n'a l'air de rien, mais je touche cinquante centimes quand je mets le couvert. Soixante-quinze s'il y a des invités, un euro s'il y a beaucoup d'invités. J'ai deux euros par mois d'argent de poche.

Je pourrais obtenir beaucoup plus, bien sûr, si j'étais courageux. En aidant mon père à ranger la cave, par exemple, où s'entassent des millénaires de déchets, dont les plus anciens remontent à l'époque où mes parents étaient jeunes. Mais je ne suis pas courageux. Pas du tout. Je déteste ranger. Et j'ai horreur de faire ce que je n'aime pas faire.

Tout cela, je ne l'avoue jamais, d'habitude. C'est mon crayon qui écrit tout seul. On appelle ça « s'épancher ». C'est ma mère qui m'a appris le terme. « Un journal intime, dit-elle, permet de s'épancher. » Ça signifie que les mots coulent d'eux-mêmes.

Mais je n'ai pas l'intention de tenir un journal intime. Je n'aime pas écrire. Je n'aime pas lire non plus. J'aime jouer à Dragons d'or mais aussi à La quête des confins ou à Vigilance urbaine. Si vous découvrez ce journal dans très longtemps, si vous l'avez exhumé de ma maison en ruine, après un cataclysme nucléaire (à quoi bon ranger la cave si c'est pour qu'il y ait un cataclysme nucléaire, franchement? C'est ce que je me tue à expliquer à mon père), bref, si vous déchiffrez mes épanchements dans le futur, sachez que je vous parle de jeux vidéo. Pas de jeux stupides ou violents, de ceux que les adultes accusent de nous rendre crétins, nous, vos ancêtres. Non, ce sont des jeux d'aventures incroyables, magnifiquement conçus, avec des décors en 3D tellement beaux que le monde, à côté, paraît triste et gris. Surtout quand on vous appelle pour mettre le couvert comme c'est le cas, pile maintenant.

20h12

J'ai gagné un euro cinquante. Cinquante centimes pour le couvert, cinquante parce que j'ai débarrassé la table, cinquante pour le coup de balai. Ma fortune s'élève à quarante-quatre euros et cinquante centimes. Finalement, je vais continuer un peu ce journal. Surtout pour épancher les paroles de mes parents, offrir un témoignage de ce que j'endure dans cette maison.

– Normalement, a dit mon père, on ne

devrait pas te verser d'argent pour nous aider dans les tâches ménagères. Chacun fait sa part.

Il faut savoir que ce débat a lieu environ tous les soirs. Mon père semble avoir de grands principes, mais en réalité (et ça me fait de la peine de l'écrire ici) il est terriblement avare. Gentil, intelligent, assez doué en jeux vidéo, fin cycliste, relativement bon cuisinier, remarquable repasseur de chemises et de jupes de maman, excellent raconteur de blagues et de souvenirs-de-quand-il-était-jeune, mais terriblement AVARE. Quand il ouvre son porte-monnaie, on dirait qu'on lui arrache une dent sans anesthésie.

– Je n'ai pas de pièces, affirme-t-il.

C'est faux. Je les entends tinter.

– D'ailleurs, il est l'heure d'aller te coucher. En CM2, il faut dormir beaucoup. J'ai lu une étude là-dessus.

Rien à voir.

– Et puis, si tu y vas maintenant, ça te laissera du temps pour lire. Tu lis quoi en ce moment ?

Grossière tentative de diversion.

– Donne-lui ses sous, Jean-Yves, soupire maman.

Ma mère a beaucoup d'autorité sur son mari. Très utile quand elle est de mon côté, comme cette fois. Malheureusement, c'est loin d'être toujours le cas.

Mon père grimace, ronchonne, tente de ne pas réussir à ouvrir son porte-monnaie.

– Je ne comprends pas. La fermeture est coincée. Je te donnerai ça demain.

Non. Je me suis souvent fait avoir. Le lendemain, il oublie ou prétend m'avoir déjà versé ce qu'il me doit. Raison pour laquelle je note tout dans mon carnet.

– Bon, Jean-Yves, il se fait tard, s'agace maman.

Alors il cède, extrait les sous un à un, essaie de me fourguer des pièces de un ou deux centimes, qui permettent de se tromper dans les comptes, mais je vérifie toujours.

Dans mon lit, je feins de lire. Selon mes parents, il n'existe pas de plaisir plus exquis, lorsqu'on se met au lit, que d'ouvrir un bon livre. Ils peinent à comprendre que je ne partage pas leur passion.

Ma mère entre, s'assied à côté de moi.

Elle porte un pyjama et des chaussons fourrés à tête de chat.

NEW YORK
BAT!
Sk8

ROCK
SPORT 2000

J'adore ma mère.

– C'est bien, ton livre ?

– Non.

– Ce n'est pas une réponse.

– Maman, les livres, c'est un peu fini, tu sais. Les jeunes s'intéressent à autre chose.

– Faux. Je connais plein de jeunes qui lisent.

Ma mère est bibliothécaire. C'est ennuyeux. Elle a des preuves de ce qu'elle avance. Et en plus, elle a raison. Des tas d'enfants passent des heures sur les coussins de sa médiathèque. C'est elle qui a aménagé l'espace « lecture jeunesse », c'est-à-dire qu'elle l'a bourré de coussins poilus ornés de chats. Ou de fleurs. Si elle avait créé le monde, il serait mou et velu. Comme mon père (qui, lui, est banquier).

– À quoi tu penses ?

– À ce que je vais écrire dans mon journal dès que tu m'auras laissé tranquille.

– Tu écris un journal ? C'est formidable.

– Pas sûr que tu le penses encore si tu le lis.

– Tu me laisserais y jeter un coup d'œil ?

– Seulement après ma mort.

Maman soupire. Elle déteste que je parle de ma mort. Si elle jouait davantage à Dragons d'or, ça l'aiderait à se familiariser avec l'idée que nous devons disparaître un jour. Dans le jeu, les dragons sont obligés de tuer pour se nourrir. Les chats aussi le font.

– Essaie d'atteindre le chapitre trois. Après, tu verras, tu ne pourras plus décrocher de ce livre.

Facile à dire. Plus j'avance dans l'histoire, plus je m'y perds. Les mots me font penser à d'autres mots, les personnages me rappellent des gens. Les héroïnes m'évoquent presque toutes Opaline, une fille de ma classe, dont je ne suis absolument pas amoureux. Dès que je lis, par exemple : « Ses longs cheveux cascadaient sur ses épaules », je vois ceux d'Opaline. Ou : « Ses yeux malicieux brillaient dans le demi-jour », j'ai l'impression qu'Opaline me regarde. Ce n'est tout de même pas ma faute si les cheveux d'Opaline cascadent ou si ses yeux sont malicieux.

Si mes parents lisent ces lignes, je suis fichu.

Tant pis. C'est très plaisant d'écrire sur Opaline.

Maman est allée se coucher. J'attends un peu, je range mon livre sur la table de chevet, j'éteins la lumière, je me cache sous les couvertures, j'allume l'ordinateur et je continue discrètement ma partie de Fleurs de métal. Sans le son. Je pourrais mettre un casque, mais c'est trop dangereux, je me suis déjà fait surprendre une fois. En cas d'alerte, je referme l'appareil, je m'allonge dessus et je fais semblant de dormir. C'est assez agréable, ça réchauffe le ventre. Il m'est arrivé de m'endormir vraiment et de passer la nuit en serrant l'ordinateur dans mes bras.

En relisant mes épanchements, je m'aperçois que j'ai utilisé l'expression « faire semblant » et un synonyme, « feindre ». La maîtresse serait contente, elle abomine les répétitions.

Mais, en même temps, je me demande s'il est normal de… (je cherche un autre synonyme, le dictionnaire me propose « déguiser », « dissimuler », « mentir », carrément) de mentir à ses parents.

Suis-je bizarre ?

Je vais essayer de demander son avis à Opaline qui, en plus de ses cheveux « ruisselants » et de son sourire « espiègle » (très pratique, le dictionnaire, quand même), possède une intelligence très supérieure à la mienne.

D'après maman (j'ai réussi une ou deux fois, avec une grande habileté et beaucoup de ruse, à discuter d'Opaline avec ma mère en lui faisant croire que c'était elle qui souhaitait en parler, alors que moi pas du tout), d'après maman, donc, l'intelligence d'Opaline s'explique de trois façons :

1) Opaline est une fille ;

2) Opaline n'aime pas les jeux vidéo ;

3) Opaline lit tout le temps.

Et ma mère la tient en très haute estime aussi parce que j'ai eu le malheur de lui révéler que :

4) Opaline adore les chats.

Mes chers descendants qui déchiffrez ces

lignes, j'espère que vous mesurez combien, à mon époque, la vie était difficile pour quelqu'un comme moi.

Jeudi 4 février

Là, nous sommes à l'école.

Je tremble un peu parce que j'ai apporté mon journal et j'y note discrètement mes pensées avec l'habileté et la ruse dont j'ai déjà parlé (autre aspect positif du journal intime, on peut se faire des compliments sans se forcer à avoir l'air modeste). Comme j'ai fini mes problèmes (je suis hyper bon en maths), j'écris sur ce carnet dissimulé dans mon cahier de calcul.

Est-ce encore de la dissimulation ? Du mensonge ? Pourquoi suis-je toujours obligé de me cacher pour faire ce qui me plaît ?

Je regarde la queue-de-cheval d'Opaline et j'envoie un clin d'œil à Théo.

Théo est mon meilleur ami.

Plus exactement, mon meilleur pote.

C'est la grande sœur de Théo qui nous a prévenus. Quand on sera au collège, l'an prochain, on devra dire « pote », « mec » et « meuf », sinon on risque de ne pas être populaires et alors ça, apparemment, c'est très dangereux. En prévision de l'année prochaine, elle nous a donné une liste de mots qui ne sont pas tous dans le dictionnaire. On s'entraîne à les employer avec les potes.

Théo est déjà très populaire. En partie parce qu'il est « cool » et « stylé » (je ne sais pas exactement ce que signifient ces deux termes, je crois qu'ils ont un rapport avec le fait d'avoir de belles chaussures de sport). Et moi, comme il m'aime bien (je le laisse beaucoup copier sur moi en maths), je bénéficie de sa popularité.

Quelque chose d'exceptionnel vient de se produire.

La directrice de l'école a frappé à la porte et elle est entrée, accompagnée d'un garçon étrange.

MEUF
MEC
POTE

Sans être encore un spécialiste, je dirais qu'en langue de collège il s'agit d'un « loser ».

Aucun de ses vêtements n'est stylé. Tout le monde le regarde, mais ça ne paraît pas le déranger. Il sourit.

– Dorénavant, annonce la directrice, Patrick sera dans votre classe. Je vous demande de lui réserver le meilleur accueil.

Patrick. Ce prénom ne lui va pas du tout, non plus. C'est un prénom de parent. Ou d'oncle. Pourquoi débarque-t-il en plein milieu de l'année ?

Comme par hasard, la maîtresse l'installe juste à côté de moi, à la place de Théo qu'elle expédie au dernier rang. Patrick n'a encore rien fait, mais c'est comme s'il avait déjà commis une énorme erreur. Théo se sent mal au fond de la classe. Il ne l'a pas avoué à ses parents, mais il ne voit pas très bien de loin. Si ça se sait, il sera obligé de porter des lunettes et cessera aussitôt d'être stylé. Théo lance un regard noir à Patrick qui attend en souriant qu'il ait fini de rassembler ses affaires. Un conseil, Patrick, souris moins, ça risque d'agacer.

– Tu tiens un journal intime ? me demande-t-il, à peine assis.

Il chuchote, mais très fort, le coude sur la table, le menton dans la main, comme s'il prenait un verre au comptoir avec un vieux pote.

– Absolument pas, nie-je en refermant brutalement mon cahier de maths.

Mon crayon tombe et roule au sol sur au moins un kilomètre, avec un bruit terrible. Patrick se lève en faisant grincer sa chaise, va le ramasser et me le tend, toujours souriant.

– Moi aussi, dit-il.

– Toi aussi, quoi ?

– Moi aussi, je tiens un journal intime. Depuis que je sais écrire, en fait. C'est très instructif. Tu t'appelles comment ?

– Thomas. Mais on m'appelle Tom.

– Je préfère Thomas.

– Bon, les garçons ! intervient la maîtresse. Je suis ravie que vous fassiez connaissance, mais nous allons nous remettre au travail si ça ne vous dérange pas trop.

À cet instant seulement, je prends conscience que toute la classe nous regarde, y compris et surtout Opaline, qui sourit en plissant ses yeux taquins.

– Quoi ? dis-je.

– Rien, répond-elle.

– Tu pourrais me présenter, suggère Patrick.

Mais je n'en ai pas le loisir parce que Opaline lui tend la main en révélant qu'elle s'appelle Opaline, qu'elle lui souhaite la bienvenue et qu'on aura plus de temps pour parler à la récré.

Elle a raison. Les récrés sont de brèves oasis dans le désert des journées scolaires (c'est mon père qui a trouvé cette image, je cherchais une occasion de la noter dans mon journal). Les récrés sont comme des mini-Noëls. On les attend pendant des siècles et, dès qu'elles commencent, elles sont presque terminées. Il est vrai qu'en un petit quart d'heure il faut trouver le temps d'aller aux toilettes, d'échanger des cartes Dragons d'or ou Fleurs de métal ou Dinos d'enfer, de faire un point sur les problèmes du moment (il y en a toujours beaucoup), de se moquer des filles, de poursuivre les filles, de jouer au foot, au basket, au hand, de manger nos barres chocolatées, de se raconter nos parties de Dragons d'or ou de Fleurs de métal ou d'Aventures urbaines,

de se disputer entre partisans du skate, fans de trottinette ou adeptes du vélo BMX et de proposer des pronostics sur les matchs du prochain championnat. Après, il faut à nouveau poursuivre les filles qui font exprès de nous interrompre dans nos discussions ou de nous piquer nos barres chocolatées. (Adèle est très forte pour ça, elle fait de l'athlétisme, impossible de la rattraper quand elle s'empare de votre goûter.)

Mais aujourd'hui, à la récré, tout le monde se groupe autour du nouveau, sauf Théo et quelques autres, qui font semblant de ne pas s'intéresser à lui. Théo m'a fait signe de le rejoindre, mais je ne m'éloigne pas trop de Patrick, juste pour écouter ce qu'Opaline a de si important à lui dire. Pure curiosité.

– Tu étais où, avant ? se renseigne-t-elle.

– À l'école Jean-Jaurès, c'est plus près de chez moi. On habite cité Jacques-Prévert.

Hou là ! Cité Jacques-Prévert ! Je n'ai pas le droit de mettre les pieds dans cette cité. Ça m'arrange parce qu'elle est plutôt sinistre.

Hauts immeubles gris, types en scooter qui restent plantés des heures à fumer sur le bitume en fronçant les sourcils. J'ai pitié de Patrick.

– Et pourquoi tu es venu ici ? demande Opaline.

Patrick hausse les épaules et se remet à sourire, comme si cette question n'avait pas grande importance. Opaline n'insiste pas.

– Je suis féministe, annonce-t-elle pour changer de sujet.

Patrick est impressionné. Moi aussi, je l'étais quand elle me l'a annoncé, la première fois. J'ai fait comme si je maîtrisais parfaitement le sujet, puis j'ai demandé à ma mère de quoi il s'agissait. Les féministes réclament une stricte égalité entre les garçons et les filles (enfin, apparemment, c'est plus compliqué parce que tous les féministes ne sont pas d'accord, mais c'est l'idée générale). Égalité des salaires, répartition égalitaire des tâches ménagères et, surtout, les garçons doivent un respect absolu aux filles.

– Moi, par exemple, a dit maman, je suis féministe. Et ton père aussi.

– Oui, enfin, je… a commencé papa.

– ET TON PÈRE AUSSI ! a répété maman.

Et elle a ajouté que, pour venger les générations de femmes qui ont trimé comme des esclaves au service des hommes, à travers les siècles, il est tout à fait naturel que papa accomplisse un peu plus de tâches ménagères qu'elle. C'est lui qui s'occupe du linge, des courses et de la cuisine, le plus souvent.

Maman précise qu'elle a besoin de beaucoup de temps pour lire. C'est son métier qui veut ça. Une bibliothécaire doit connaître les ouvrages qu'elle propose afin de pouvoir renseigner les gens. C'est indiscutable.

– Et je suis contre la maltraitance animale, ajoute Opaline.

Elle regarde Patrick droit dans les yeux afin qu'il comprenne combien ces questions sont importantes. Elle est comme ça, Opaline, elle aime bien mettre les choses au point dès le départ, pour qu'il n'y ait pas de malentendus.

Comme Patrick ouvre la bouche, sans doute pour poser une question, Théo, que je n'ai pas vu arriver, se mêle à la conversation.

– Eh ben moi, mon frère a gagné le « Burger challenge ».

– Le quoi ? s'enquiert poliment Patrick.

– Le Burger challenge, lui répond Théo en regardant Opaline. C'est un défi lancé sur les réseaux sociaux. Tu dois manger entièrement un burger géant contenant trois kilos de viande.

– C'est répugnant ! lance Opaline.

– Personne n'y arrive, précise Théo. Les gens vomissent.

– Est-ce que tu as la moindre idée de la façon dont sont traités les animaux dans les abattoirs ? s'énerve Opaline, qui s'énerve vite sur certaines questions.

Cette question semble embarrasser Patrick, mais il ne fait aucun commentaire.

– N'empêche que mon frère, il a fini son hamburger de trois kilos. Et, du coup, le resto le lui a offert.

Ça aussi, au collège, il faut le dire souvent : « Du coup. »

– Fabuleux, commente Patrick, qui ne paraît pas très sincère.

– Ton frère est un abruti, siffle Opaline.

Je pense qu'elle a plutôt raison. Le frère de Théo est en troisième, il passe son temps sur les réseaux sociaux à relever les défis les plus crétins possible.

Une fois, il a fait vingt kilomètres à vélo, en

maillot de bain, en plein hiver. Des automobilistes l'ont trouvé tout bleu au bord de la route et ont eu la gentillesse de le prendre en stop. Mais ça lui a valu des points dans je ne sais quel concours.

Du coup. Là, ça dégénère.

Théo déteste qu'on traite son frère d'abruti. Il commence à tirer la queue-de-cheval d'Opaline qui, elle, pousse aussitôt son cri qui tue, un hurlement suraigu auquel le cerveau des adultes est hyper sensible. Et ça ne rate pas, la maîtresse arrive en courant. Fin de la récré.

–Vous êtes drôles dans cette école, j'aime bien, me confie Patrick.

Puis, quand nous sommes rentrés en classe, il griffonne quelque chose sur une feuille qu'il me tend.

– Mon nom, mon adresse, mon numéro de téléphone, explique-t-il.

– Heu… Merci, mais…

– Donne-moi les tiens.

– D'accord, mais pourquoi ?

– Ça se fait, entre amis, non ?

Et il me sourit à nouveau.

Un peu plus tard, comme la rédaction ne m'inspire pas (« Racontez le meilleur passage de votre livre préféré »), je consigne par écrit, à toute vitesse, ce qui s'est passé pendant la récré.

J'utilise le *présent de narration,* un truc que maman m'a expliqué et qui permet de rendre l'histoire plus vivante. On a l'impression que ça se déroule sous nos yeux. Je relis et, en effet, ça marche. C'est comme si j'étais à nouveau dans la cour en train d'écouter la conversation entre Patrick et Opaline. Je trouve d'ailleurs qu'ils ne se sont pas beaucoup intéressés à moi pendant la pause à ce moment-là. Heureusement, comme j'intercale mes pensées et mes réflexions, je reste quand même le héros de l'histoire. Je suis particulièrement content de mes dialogues, on s'y croirait. L'astuce, c'est de ne pas attendre trop longtemps avant de les transcrire, sinon on oublie ou on change des éléments importants.

C'est décidé, je vais garder en permanence ce carnet sur moi. Il est pratique, il tient dans une poche, comme un petit livre.

Maintenant, je cherche un mot pour conclure ce chapitre (je fais des chapitres, c'est stylé). Un mot qui définirait Patrick. Pas facile. Théo utilise souvent «spécial». C'est un terme assez vague, pas beaucoup plus clair que « stylé », mais je le garde pour l'instant.

C'est sûr, Patrick est spécial.

Je vais l'observer, dans les jours qui viennent, pour tenter de lui appliquer d'autres adjectifs.

NEW YORK
BAT!

Jeudi 4 février, 10 heures du soir

J'écris, les larmes aux yeux, du fond de mon lit. C'est ma faute, je ne sais pas ce qui m'a pris, j'ai voulu faire le malin en racontant par le menu ma journée à mes parents. Je crois que c'est à cause du journal. Les détails se fixent d'autant mieux dans ma cervelle que je les couche sur le papier. Donc je me souvenais de tout, l'arrivée de Patrick, la récré, le moment où il m'a donné son adresse, et j'ai pensé que je pourrais les amuser en leur expliquant à quel point il est spécial.

Non, c'est aussi leur faute. Depuis que je suis tout petit, ils *exigent* que je leur fasse un récit circonstancié de mes journées, alors que, la plupart du temps, elles n'ont pas le moindre intérêt (on travaille, on discute, on mange, on travaille, j'espère que les choses ont changé pour vous, chers habitants du futur), mais mes parents trouvent que *tout* est fabuleusement passionnant, le menu de la cantine (papa), la tenue de la maîtresse (maman), les sujets abordés en classe.

Après, ça leur rappelle leur propre jeunesse où tout était différent, mais en même temps pas tant que ça, et on en parle pendant des heures jusqu'à ce que j'aie le droit d'aller jouer en cachette sous ma couette.

Ça, c'est ce qui se passe d'habitude. Mais ce soir, l'arrivée de Patrick les a (je cherche le mot juste dans le dictionnaire) *captivés*.

Papa en a laissé la moitié de sa part de raclette. Le quart.

– Tu dis qu'il habite cité Jacques-Prévert ? Oui, oui, oui, bon.

Ils ont échangé un long regard significatif, hoché la tête en cadence, avec (dictionnaire) *gravité*.

– Ce garçon vit dans un quartier *populaire*, Thomas, m'a expliqué maman, l'air soucieux, comme si je devais comprendre que Patrick souffrait d'une maladie grave.

– Ça veut dire qu'il est pauvre ?

Ils se sont regardés à nouveau.

– Ce n'est pas si simple, a nuancé papa.

– Si, a dit maman. C'est si simple. Thomas a raison. Il ne faut pas avoir peur des mots, Jean-Yves. Patrick est probablement pauvre.

– Enfin, a protesté papa en levant les yeux au ciel. Pauvre, ça fait un peu…

– Tu m'agaces, l'a interrompu maman. Va chercher le dessert, tu seras gentil.

– Je vais chercher le dessert si je veux, a grogné papa en se levant pour fouiller dans le frigo, d'où il a rapporté une crème renversée de sa confection.

– Avec des biscuits secs pour moi, a demandé maman quand il s'est rassis.

J'étais déjà un peu embêté à cet instant. Sans que j'aie compris comment, l'ambiance était gâchée. Je n'aime pas quand mes parents se disputent. Je crains qu'ils ne divorcent et qu'ensuite papa perde son emploi et devienne un clochard. Il ne peut pas vivre sans maman. J'ai essayé de réparer les dégâts.

– Ta crème renversée est excellente, papa.

– J'ai eu les œufs gratuits, par une collègue qui élève des poules. Et j'ai découvert un rayon extraordinaire au supermarché. Ils vendent des produits presque périmés, deux fois moins chers. J'ai pris trois packs de lait à consommer avant la semaine prochaine.

C'était bien tenté de ma part. Mon père avait retrouvé sa bonne humeur. Il adore raconter comment il réussit à économiser des sous.

Par contre, ça a tendance à irriter maman. Et, rien que pour le contrarier, elle s'est écriée :

– Au fait ! Je me suis offert une petite robe incroyable. Il faut que je vous la montre. Ne bougez pas, je vous fais un essayage.

Elle est revenue avec une robe qui lui allait

bien, mais pas mieux que les quinze mille autres petites robes incroyables qu'elle s'est offertes jusqu'à présent. Papa a demandé combien elle avait coûté, maman le lui a dit, et le visage de papa a pris la même teinte que la crème renversée.

– Ça me paraît démentiel, a-t-il opiné, de dépenser des sommes pareilles pour une robe ! Et, entre parenthèses, je ne trouve pas ça très féministe.

– Pourquoi ? a rétorqué maman. Les femmes libres devraient obligatoirement être habillées comme des guenons ?

Sans vouloir critiquer, je pense que maman est un peu moins forte que papa pour les images poétiques. Il a secoué la tête, consterné, puis elle lui a recommandé de bien faire attention quand il passerait la robe à la machine. C'était un tissu fragile.

Après, comme ils faisaient un peu la tête, j'ai eu la mauvaise idée de reparler de Patrick. Et c'est là que la catastrophe est arrivée.

– Il faut que tu l'invites à la maison, a dit maman tout à coup.

– Hein ? Qui ?

– Lui, bien sûr. Ton ami. Patrick.

– Mais ce n'est *pas du tout* mon ami. Je le connais depuis aujourd'hui.

– Et alors ? Il t'a donné ses coordonnées. Il te fait confiance. Tu ne dois pas le décevoir.

Totale catastrophe.

Comment expliquer à mes parents qu'inviter quelqu'un à la maison est beaucoup plus compliqué qu'à leur époque ? En leur temps, apparemment, tout le monde allait jouer chez tout le monde, les enfants s'amusaient tranquillement dans la rue, construisaient des cabanes, fabriquaient des cannes à pêche avec des bouts de ficelle. Aujourd'hui, si j'invite, par exemple, Théo, il racontera à tout le monde le lendemain que mon ordinateur est obsolète. Je sais aussi qu'il critiquera la taille de notre écran plat (il l'a fait pour celui d'Enzo qui l'a invité un jour chez lui, sans réfléchir, et, depuis, Enzo est mort de honte), ou, par exemple, les vêtements de papa. Le père de Théo est toujours hyper bien habillé avec des vestes cintrées, des chemises stylées et des tennis cool. Papa porte des gilets de laine qu'il est très fier de tricoter lui-même.

– C'est impossible, maman ! Je ne peux pas inviter Patrick.

– Pourquoi ? Parce qu'il est pauvre ?

– Mais moi aussi, je suis pauvre ! J'ai quarante-quatre euros cinquante dans ma tirelire !

Là, je reconnais que cette réponse n'était pas extraordinaire, mais c'est tout ce qui m'est venu et je la note dans ce journal parce que je suis honnête.

Je ne pouvais pas leur dire que, si Patrick venait ici, même s'il avait l'air gentil (spécial, mais gentil), il ne manquerait pas de raconter des trucs le lendemain (les chaussons de maman, le tableau au mur du salon, représentant une dame à moitié nue), et toute l'école serait au courant, et je n'aurais plus la moindre chance d'être un jour populaire. Il y a des choses qui ne se font pas, point à la ligne.

Et ces choses, les parents ne sont pas en mesure de les comprendre.

– Prends le téléphone et appelle-le maintenant, a ordonné maman. Nous sommes jeudi, c'est déjà un peu juste pour l'inviter samedi. Mieux vaut ne pas attendre.

– Mais, maman, il est très tard ! Ils sont sûrement déjà couchés.

Mes parents ont regardé leur montre en même temps. Il était dix-neuf heures trente. Nous mangeons tôt parce que papa a trop faim et se bourre de rondelles de saucisson en attendant le repas.

– Appelle-le, a répété maman, ou c'est ton père qui le fait.

– Moi ? a protesté papa.

J'ai tenté tout ce qui était en mon pouvoir pour la détourner de son projet. Une idée plutôt géniale m'est d'ailleurs venue : j'ai avancé que Patrick ne se sentirait pas à l'aise chez nous si je n'étais pas en mesure de lui proposer la nouvelle version de Dragons d'or.

Donc l'arrangement était le suivant : mes parents m'offraient le jeu, je le testais pendant, mettons, deux ou trois mois pour réserver le meilleur accueil possible à mon ami, et ensuite, on verrait s'il était envisageable de le faire venir à la maison.

– Hors de question, a tranché papa quand je lui ai rappelé le prix de Dragons d'or.

– Et, de toute façon, quand il viendra, a ajouté maman, vous n'allez pas vous coller devant un écran comme deux tiques dans le cou d'un chat (non, vraiment, elle est nulle en comparaisons). Je m'occuperai de l'animation, si vous voulez. Il y aura un moment de lecture, puis un temps de dessin ou de pâte à modeler, puis…

– Je peux vous apprendre à tricoter, a proposé papa, j'ai récupéré des vieilles pelotes chez Emmaüs. Patrick aura sûrement besoin d'un bon chandail pour l'hiver.

– Non, pitié ! ai-je supplié. Je veux bien ranger la cave gratuitement, mais, je vous en conjure, n'invitez pas Patrick.

– Gratuitement ? a hésité papa.

Mais maman brandissait déjà le téléphone. Et elle m'a menacé de retourner mon cartable,

ma chambre s'il le fallait, si je ne lui confiais pas de mon plein gré le numéro de Patrick. J'ai préféré obéir. Il y a des choses, dans mon cartable et derrière mon armoire, qui ne doivent *jamais* tomber entre les mains de ma mère. Des portraits d'Opaline réalisés de mémoire, notamment. Que je fais uniquement parce qu'elle est assez facile à dessiner et que je me souviens plutôt bien d'elle. Je me rappelle bien les visages, c'est tout.

J'ai tout de même obtenu de ne pas téléphoner moi-même, pensant préserver une partie de ma dignité. Mais j'ai peut-être eu tort parce que, quand papa a appelé, il a pris sa voix toute douce d'ours de dessin animé et il a parlé de moi comme si j'avais environ un an et demi. À part courir tout nu dans la cour de récré avec des plumes dans les oreilles, je ne vois pas ce qui aurait pu m'arriver de pire, question dignité.

– Bonjouuur ! a-t-il chantonné dans le combiné.

– Bonjour, a répondu une voix d'homme, mi-fatiguée, mi-surprise. (Maman avait mis le haut-parleur.)

– Je suis le pâpâ de Tooooom !

– Je vous demande pardon ?

J'ai cru qu'il lui faudrait trois heures pour expliquer la situation au père de Patrick : dès le premier jour dans sa nouvelle école, son fils s'était fait un copain tellement sympa qu'il l'invitait direct le week-end suivant. Pur cauchemar.

Mais, à ma grande surprise, il n'y a eu aucun problème. Les parents se sont mis d'accord. Patrick arrivera chez nous samedi à 14 heures.

À ce que j'ai compris, il est ravi.

Vendredi 5 février

C'est le matin, j'arrive à l'école. En fait, j'écris le vendredi soir, mais, grâce au présent de narration, on s'y croirait. On me voit en train de franchir la grille, de saluer les potes de loin. J'ai l'air détendu, mais je sue d'inquiétude. Sous les bras et en bas du dos. C'est désagréable. Patrick ne semble pas encore là. Dès qu'il arrivera, il faudra que je lui fasse comprendre, aussi discrètement que possible, de ne rien dire à personne. Absolument rien. Inviter quelqu'un qu'on ne connaît pas, selon les lois du collège, c'est parfaitement « chelou » et même presque « zarbi ».

Je commence à discuter avec Théo. Il dit du mal de Patrick, de ses chaussures, de sa coiffure (apparemment, sa coiffure non plus ne va pas, je ne comprends pas bien pourquoi, une histoire de grosse frange), de son poids (il semblerait que Patrick soit un peu grassouillet) et de son style en général. Un style absolument pas stylé. Pour éviter les ennuis, j'avoue, je ris avec les autres, enfin, je souris. Opaline n'est pas encore là. Je n'aimerais pas qu'elle me voie sourire ainsi.

Et puis, tout à coup, elle arrive.

Pire, elle arrive *avec Patrick*. Ils entrent dans l'école, côte à côte, le visage réjoui, comme s'ils se connaissaient depuis deux millénaires, depuis au moins la maternelle. On dirait mes parents.

Dès qu'ils m'aperçoivent, ils accélèrent dans ma direction, en agitant la main, sans se soucier des autres potes.

À peine arrive-t-elle à ma hauteur qu'Opaline, pour la première fois de notre vie, me fait la bise. Personne ne se fait la bise, à l'école. Elle a dû oublier les convenances. C'est Patrick, je pense. Depuis qu'il est là, quelque chose a changé.

– Salut Tom ! C'est super sympa d'avoir invité Patrick.

Tous les regards convergent vers moi. Je suis mort. Chers lecteurs du futur, vous m'en voyez désolé, je ne peux pas continuer à rédiger ce journal. Je suis mort. Enterré. Grâce aux indications que j'ai fournies, il vous sera facile de dater mon squelette.

– Invité Patrick ? répète Théo, comme si ces deux mots appartenaient à une langue très étrangère.

– Comment ça se fait, je demande (juste pour détourner habilement la conversation), que vous arriviez ensemble, Opaline et toi ?

– Un hasard. Je l'ai rencontrée en route. Et on s'est aperçus que je passais devant chez elle pour venir de la cité.

– Trop marrant, non ? commente Opaline.

Trop marrant, en effet.

– Du coup, on viendra ensemble le matin.

– Et on rentrera ensemble le soir.

Du coup, ils feront ça. C'est formidable.

– Et donc tu as invité Patrick ? insiste Théo.

Théo possède certainement de nombreux défauts, mais il faut reconnaître qu'il a de la suite dans les idées. Je décide de ne pas me dégonfler. Quand on écrit son journal, on n'a pas le droit d'être un dégonflé.

– Ben oui, et alors ?

– Alors rien.

Mais il fait la chose la plus énervante du monde : il se tourne vers Gaspard (un type qui adore que Théo se tourne vers lui), écarquille les yeux, roule les pupilles en haussant les sourcils pour faire comprendre à quel point je suis devenu « gogol » (je n'ai pas le droit d'employer ce mot à la maison, ni « taré », ni « abruti », mais là, c'est mon journal et je dis ce que je veux).

– Ça te dérange ? lui demande Opaline. Tu es jaloux ?

Elle est gentille de venir à mon secours, mais je ne suis pas certain que ça arrange les choses. D'ailleurs, Théo plaque ses deux mains sur sa poitrine (la sienne, pas celle d'Opaline, mon Dieu, quelle idée !) et, tout en continuant d'agiter ses globes oculaires, s'écrie :

– Moââââ ? ! ?

– Pourquoi, s'étonne Patrick, vous n'êtes jamais allés chez Thomas ?

– Ah non ! persifle Théo. Je n'ai pas eu le privilège d'être invité.

Là, je ne sais pas ce qui me prend. Peut-être que je me laisse entraîner par Opaline. Il n'est pas tout à fait invraisemblable que j'aie voulu l'épater.

– C'est parce que mon père tricote lui-même ses gilets. Et dans mon salon il y a un tableau avec une dame à moitié à poil.

Oui. C'est moi qui ai dit ça. Au cas où je n'aurais pas été complètement mort tout à l'heure, maintenant il n'y a plus de doute.

Moment de stupéfaction absolue.

La sonnerie retentit, on monte en classe.

En chemin, Opaline me serre l'avant-bras et me chuchote à l'oreille :

– Comment tu l'as mouché ! J'adore !

La suite de la journée se passe très mal. D'abord, Patrick n'arrête pas de me parler pendant les cours. Il chuchote, bien sûr, mais, allez savoir pourquoi, sa voix porte comme s'il hurlait dans un mégaphone. J'ai l'impression que tout le monde, y compris la maîtresse, profite de sa conversation. En plus, il me pose des questions gênantes, il veut savoir si j'ai des animaux, pourquoi je n'ai pas d'animaux, si j'aime les animaux, ce que je mange comme céréales au petit déjeuner, quel est mon avis sur les attentats et sur la guerre en général. Patrick semble s'intéresser à beaucoup de choses et passe facilement, sans transition, d'un sujet à l'autre. Comme Opaline.

Quand la maîtresse le rappelle à l'ordre, il se penche sur ses exercices et les résout direct, tandis que moi je suis encore en train de réfléchir aux questions qu'il m'a posées et je me trompe. À cause de lui, je rate une évaluation de sciences. Maman sera furieuse. (En fait, elle *est* furieuse, je le sais puisque j'écris mon journal une fois rentré à la maison, souvenez-vous.)

– Mais, maman, lui dis-je, c'est à cause de Patrick ! Il me parle !

– Arrête d'accuser les autres, Thomas. Tu es responsable de tes actions.

– Une évaluation ratée, ajoute papa, c'est deux euros. Donne-les-moi tout de suite.

Dans mon lit, le soir, tandis que je noircis rageusement les pages, je me dis que l'arrivée de Patrick peut déjà être considérée comme une catastrophe. D'abord, Opaline semble l'adorer (ce qui n'a, bien sûr, aucune importance, mais je le note parce que je suis rigoureux). Ensuite, il va faire chuter mes résultats scolaires, provoquer ma ruine, me couper de mes potes, envahir ma maison.

Mais il y a pire.

C'est que, malgré tout ça, je n'arrive pas à le détester.

Puisque ce carnet était destiné, au départ, à tenir des comptes, je dois aussi mentionner les bons côtés de Patrick :

1) Il raconte des blagues trop drôles. (En pleine leçon de géographie, tout le monde a sursauté parce que quelqu'un s'était mis à rire comme un poney fou. C'était moi. À cause

d'une histoire de Patrick que je ne peux pas retranscrire ici, elle comporte une ou deux scènes choquantes pour les adultes, et ma mère est susceptible de lire ces lignes.)

2) Il a mangé mon chou-fleur à la cantine.

3) À la récré, il m'a proposé des ALIMENTS INTERDITS. (De ceux que mes parents proscrivent absolument parce qu'ils contiennent du gras, du sucre, de la chimie, des colorants alimentaires, du pétrole et des morceaux d'animaux qui provoquent des allergies – je résume ce qu'ils m'ont dit. Bref, des machines à détruire les enfants. Je n'ai jamais rien goûté d'aussi bon.)

À inscrire dans la colonne des défauts, quand même : il me suit partout. Je pense qu'il m'adore. Théo l'a surnommé « Scotch ». Les autres aussi, immédiatement. Sauf Opaline. Elle m'a fait promettre de ne jamais l'appeler ainsi. J'ai juré.

À la fin de la journée, ils repartent tous les deux, Opaline et lui. Patrick veut lui montrer une boulangerie « extra » (c'est lui qui emploie ce mot, plus personne ne l'utilise depuis le jurassique) où il achète des tartelettes au citron pour sa mère.

– Ben dis donc, fais-je remarquer, tu as l'air d'avoir les moyens. C'est pas donné, les tartelettes au citron.

J'espère démontrer à mes parents qu'ils se trompent complètement. Patrick n'est pas pauvre du tout. Il ne sait plus quoi faire de son argent de poche.

– C'est vrai, reconnaît-il. Elles sont chères. Mais je gagne un peu de sous en allant faire le ménage de temps en temps chez notre voisine du dessous. C'est une vieille dame. Elle n'a plus la force de passer l'aspirateur.

– Tu fais le ménage chez une vieille dame ! s'exclame Opaline, les yeux brillants et mouillés comme deux truffes de chien.

– Ben ouais.

– Et avec l'argent, tu achètes des tartelettes à ta mère ?

J'ai cru qu'elle allait lui sauter au cou, tellement elle était émue, mais elle s'est contenue.

Du moins, tant qu'ils ont été dans l'enceinte de l'école, parce que, après, ils sont partis, ils ont tourné le coin de la rue, et je ne sais pas ce qu'ils ont fait.

Moi, je me suis retrouvé tout seul au milieu des potes.

Samedi 6 février

Patrick se tient sur notre seuil. De la main droite il porte, en la tenant délicatement par la ficelle, une boîte à gâteaux. Coincés sous son bras gauche, deux gros livres dont la seule vue donne envie de bâiller. Il est encadré par ses parents (je suppose), une paire d'adultes chez qui je retrouve, équitablement réparties, les particularités physiques de leur fils. Grosse frange et surpoids pour la mère, sourire ravi pour le père.

– Ah ! s'exclame papa (qui sait toujours quoi dire). C'est vous !

– Oui, répond le père de Patrick (tout aussi doué pour la conversation).

Ensuite, tout le monde se tait et sourit très fort.

– Entrez ! propose papa.

– D'accord, répond le père de Patrick.

Mêmes sourires, un peu plus tard, autour de la table de la salle à manger. Patrick a des fossettes au menton et aux joues. Il m'évoque je ne sais plus quel animal. Un animal mignon à la base, je pense, mais qui rend effrayant un humain qui lui ressemble (je ne sais pas si je suis clair). Un hamster, mettons. Les hamsters sont plutôt charmants, mais les humains qui ressemblent aux hamsters sont effrayants. Pareil pour les chats.

J'ai le temps de penser à tout ça et de me dire qu'il ne faudra pas oublier de le noter dans mon journal parce que ce sont des réflexions drôlement intéressantes. Pendant ce temps-là, personne ne dit rien et, si nous continuons à sourire autant, nous risquons de nous froisser un muscle dans les joues.

– Alors comme ça, finit par demander papa, Gérard se retrouve dans la classe de Thomas ?

– Il s'appelle Patrick, dis-je.

– Oups ! s'exclame papa en écarquillant les yeux pour avoir l'air rigolo, mais plus personne ne sourit.

– Patrick est un prénom d'origine irlandaise, explique la mère de Scotch.

(Je suis obligé de l'appeler « Scotch » de temps en temps, pour éviter les répétitions. Si Opaline lit ces lignes, elle comprendra.)

– D'accord, approuve papa d'un air profondément intéressé, comme s'il venait de comprendre d'un coup l'origine de l'Univers.

– Qu'est-ce que je vous propose ? demande poliment maman. Thé ? Café ? Jus de fruits ?

– Un café pour moi, dit la mère.

– Un thé noir fumé, dit le père.

– Un chocolat chaud avec beaucoup de sucre et quelque chose à tremper dedans, des Choco BN ou un Mars, si vous avez, dit Patrick.

Papa et maman restent un moment immobiles.

Papa bat trois fois des paupières.

– Va préparer tout ça, Jean-Yves, ordonne maman.

– Tu es sûr que tu as besoin de tremper quelque chose dans ton chocolat, mon chéri ? demande la mère de Patrick. Je te rappelle que tu as apporté des tartelettes au citron.

– Oui, mais c'est pour le goûter. Là, c'est juste une collation.

Sa mère sourit et pousse un petit gloussement.

– Il est en pleine croissance.

Après, tout le monde semble se détendre. Scotch est un peu déçu parce que nous n'avons ni Choco BN ni Mars (papa lui offre un minuscule biscuit bio au son d'avoine), mais il fait bonne figure.

Les adultes parlent d'abord de la météo, puis, peut-être à cause du biscuit bio, ou de la croissance de Patrick, ils abordent la question de la nourriture et du meilleur régime alimentaire possible.

– Jean-Yves et moi, nous nous demandons

sérieusement si nous n'allons pas devenir végétariens, annonce maman.

C'est vrai. Je n'en ai pas encore parlé dans mon journal. C'est l'occasion.

– Oui, approuve papa. Ce serait bien pour la planète.

– Justement, rigole le père de Patrick, je viens de perdre mon boulot.

Papa et maman ne comprennent pas pourquoi il a dit «justement» ni pourquoi il rigole. Moi non plus. Patrick n'écoute pas. Il est allé à la cuisine chercher le paquet de biscuits à l'avoine. À voir la vitesse à laquelle il les engloutit, il a l'air de les trouver à son goût, finalement.

– Comment ça ? demande papa.

– Je bossais à l'abattoir, explique le père de Patrick. Mais ils ont réduit les effectifs et ils m'ont viré.

Papa et maman hochent gravement la tête. Je comprends mieux pourquoi Patrick a paru gêné à l'école quand Opaline a parlé de maltraitance animale. (Voir les pages du 4 février. C'est ultrapratique, un journal intime, en fait.)

– Veux-tu que j'aille te chercher un deuxième paquet de biscuits ? demande papa.

– Non merci, ça ira, répond la mère de Patrick.

– Volontiers, dit Patrick.

Plus tard, quand ses parents sont partis, nous nous retrouvons tous les deux dans ma chambre. Maman n'a pas osé lui demander d'enlever ses chaussures, et je distingue de grosses empreintes terreuses dans la moquette bleu azur.

– Tu veux faire une partie de Dragons d'or ?

C'est l'occasion, après tout. Mes parents semblent décidés à nous laisser tranquilles pour l'instant.

– C'est quoi ? s'enquiert Patrick en fouillant négligemment dans un tiroir de mon bureau.

Ce type ne connaît pas Dragons d'or. C'est sidérant.

Je lui explique de quoi il s'agit, en prenant mon temps parce que les règles du jeu sont assez compliquées, et c'est justement ce qui en fait un jeu intéressant, à mon avis. Il y a des subtilités, des raccourcis clavier et deux ou trois trucs à connaître si on veut dépasser vite les premiers niveaux. Patrick m'écoute à moitié. Il a trouvé un vieil album photo de quand j'étais petit (j'avais oublié que je conservais ce truc dans un tiroir) et sourit devant des clichés anciens qui me montrent en train de repeindre une table avec de la bouillie, ou de pleurer sur les genoux du père Noël.

– Bon, finis-je par dire en lui reprenant délicatement l'album, tu veux jouer alors ?

– Mmmmh ? Non merci. Je déteste les jeux vidéo.

Puis il s'assied en tailleur sur mon lit (avec ses souliers boueux) et ouvre l'un des livres qu'il a apportés.

– Viens voir un peu ça.

Il tapote la couette à côté de lui pour m'inviter à le rejoindre. Je n'ai pas le choix. C'est mon invité.

– Qu'est-ce que c'est ?

– Un bouquin sur les oiseaux d'Europe. Ils y sont presque tous. Tu t'intéresses aux oiseaux ?

– À vrai dire, je n'y connais pas grand-chose.

– Parfait ! Je vais t'apprendre. Regarde celui-là, comme il est mignon. C'est un moineau domestique. Son nom latin, c'est *Passer domesticus*. Tu sais qu'il peut faire des trucs dingues comme, par exemple, ouvrir les portes automatiques d'un supermarché pour aller chercher de la nourriture ?

Je hoche la tête.

Nous passons en revue les trois quarts de l'ouvrage. Patrick ne s'interrompt que lorsque sonne l'heure du goûter. (En fait, elle ne sonne pas, mais quelque chose paraît l'avoir averti. Une sorte d'instinct.) Il referme le livre, saute sur ses pieds et dévale l'escalier pour gagner la cuisine, comme s'il habitait chez nous depuis cent siècles.

– Tu vas voir. Les tartelettes sont à tomber.

Papa et maman, assis sur le canapé, sursautent lorsque Patrick fait irruption dans le salon en demandant où ils ont mis la boîte à gâteaux.

– Au frigo, répond papa.

Cette information contrarie Patrick.

– Vous n'auriez pas dû, elles sont moins bonnes, froides.

Mais ça ne l'empêche pas de dévorer sa tartelette ainsi que celle de maman, qui n'a pas très faim.

– Après, m'annonce-t-il la bouche pleine, on lira mon autre livre.

– Ah bon ? Je veux dire… Avec plaisir. Il parle de quoi ?

– Des pierres et des minéraux du monde.

L'après-midi se traîne ainsi.

Nous tournons lentement les pages de l'ouvrage, et Patrick m'explique des tas de choses. Je n'aurais jamais cru passer autant de temps à contempler des cailloux. J'apprends que les plagiogranites sont très riches en feldspath. Toutes les deux secondes, je jette un coup d'œil discret à ma montre.

– Tu es sûr que tu ne veux pas découvrir Dragons d'or ?

– Non, attends, on n'a pas fini. Tu veux savoir un truc ahurissant sur le calcaire ?

– Vas-y, je t'écoute.

– Certaines variétés sont noires.

– C'est ahurissant, en effet.

Quand ses parents viennent enfin le chercher au bout d'un millier d'heures, je me sens aussi soulagé que si un mammouth descendait de mes épaules en disant : « Merci, je crois que ma cheville va mieux, je vais continuer à pied. » Adieu, Scotch. Ma famille et moi, on va avoir une petite explication, ce soir. Je suis extrêmement motivé. Ensuite, tu sors de ma vie. Pour toujours.

– Eh oui, sourit le père de Patrick. C'est dur de se séparer à cet âge. Je me souviens, quand j'étais gosse, j'avais envie de passer tout mon temps avec mes amis.

– Justement ! propose sa femme, soudain rayonnante. Thomas n'a qu'à venir à la maison demain, puisque c'est dimanche !

Je lance un regard affolé à ma mère, avant de bredouiller :

– Ça ne va pas être possible, j'ai beaucoup de devoirs pour lundi et...

– Justement, me coupe Patrick, on va les faire ensemble. Ça ira plus vite. Et après, on aura plein de temps pour parcourir mes autres livres. J'ai une encyclopédie des nuages absolument fabuleuse.

– Parfait, approuve papa. On en profitera pour aller au ciné, avec ta mère. Les places sont tellement chères ! C'est quand même plus économique que tu… eh bien, que tu ne viennes pas.

– Et surtout, ajoute maman, un peu gênée, cela permettra de consolider cette amitié prometteuse.

– Voilà, dit papa.

Je réfléchis à toute vitesse. C'est fou comme le cerveau peut accélérer dans certaines situations d'urgence.

– C'est impossible ! dis-je. Je ne suis pas libre demain.

Tous les yeux se braquent sur moi, et je sens bien que j'ai intérêt à leur fournir une bonne explication parce que personne n'a l'air très disposé à me croire. Je dis la première chose qui me passe par la tête.

– Je… j'ai rendez-vous avec Opaline pour, euh… eh bien… pour travailler, justement.

Oui, malheureusement, la première chose qui

me passe par la tête, c'est souvent Opaline. Mon explication n'a pas une chance sur mille de convaincre qui que ce soit. Il ne m'est JAMAIS arrivé de travailler avec un copain de classe, encore moins avec une copine, encore moins avec Opaline. Et surtout pas un dimanche.

– Parfait, répond Scotch. Je l'invite aussi. On travaillera tous les trois, ce sera encore mieux. Je peux emprunter votre téléphone ? Elle m'a donné son numéro.

Il sort d'une poche de son pantalon un petit carnet noir qui ressemble un peu au mien, le feuillette et attrape le combiné que lui tend déjà mon père, ce traître.

– Bonsoir madame, lance-t-il joyeusement, je suis un ami d'Opaline. Je peux lui parler ?

Puis il nous adresse un petit signe de la main et monte dans ma chambre pour poursuivre sa conversation tranquillement. Nous restons debout dans l'entrée, mes parents, les siens et moi, à nous regarder avec les mêmes sourires distendus qu'en début d'après-midi.

– Je vous propose un autre thé ? demande papa.

– À cette heure-ci, répond le père de Patrick, c'est plutôt l'heure de l'apéro. Je prendrai une vodka si vous avez.

Un peu plus tard, Scotch redescend avec le téléphone.

– Opaline n'avait pas l'air de se souvenir que vous aviez rendez-vous. Par contre, elle est ravie de venir à la maison.

– Tant mieux ! s'exclame son père d'une voix forte. Ça se fête. Allez, Jean-Yves, remettez-moi ça. Votre vodka est excellente !

Je me suis endormi très tard. Déjà parce qu'il m'a fallu du temps pour noter tous ces événements. J'ai cherché une tonne d'excuses possibles pour ne pas aller chez Scotch, mais finalement, je dois m'y rendre. Je ne peux pas imposer à Opaline de se retrouver seule avec ce type. Ce serait trop cruel. Ne t'inquiète pas, Opaline, même si ça me coûte beaucoup, je ne t'abandonnerai pas. C'est comme ça. C'est mon devoir. Ne me remercie pas.

Dimanche 7 février

C'est très bizarre de se retrouver avec Opaline chez Scotch. Plus que bizarre, même. C'est, comme le suggère très justement le dictionnaire, carrément « saugrenu », voire « extravagant ».

D'ailleurs, tout est extravagant, depuis que nous sommes arrivés dans la cité Jacques-Prévert. Quand le GPS leur a annoncé, d'une voix tout à fait décontractée qui contrastait avec leur visage tendu, que nous étions parvenus à destination, mes parents ont garé la voiture au pied d'un immeuble de quinze mille étages, gris, noir et beige. Papa a coupé le moteur et tiré tout doucement sur le frein à main, comme s'il essayait de ne pas attirer l'attention.

Peine perdue. Une foule s'était déjà regroupée autour de nous. Des types sur leurs scooters, mais aussi des enfants à vélo, des hommes à pied et même trois bébés en poussette. Certains ont fait semblant de ne pas s'intéresser à nous, d'autres ont franchement lorgné dans l'habitacle. Papa a rassemblé quelques CD de musique baroque et les a rangés dans le vide-poche. Mais je pense qu'il se faisait du souci pour rien. À en juger par le martèlement de basse et de batterie qui s'échappait des enceintes portées par celui qui semble être leur chef, ces gens-là n'ont pas l'air d'apprécier beaucoup la musique baroque.

– Ça va ou quoi? nous a demandé le chef quand nous avons enfin osé quitter l'abri de la voiture.

À mon avis, c'était un genre de blague parce qu'une dizaine de types se sont marrés aussitôt. Le chef de la bande dépassait papa d'au moins deux têtes. Deux têtes énormes.

– Ça va bien, a répondu papa (toujours son formidable sens de la conversation). Je… Nous avons rendez-vous.

Je ne sais pas pourquoi il a dit ça. Lui non plus, apparemment. Il nous a regardés, les types se sont regardés, j'ai regardé un bébé parce que je trouvais rassurant qu'il y ait des bébés dans cet attroupement. Il me semble qu'en général, dans les faits divers, quand un gang de criminels massacre une famille d'innocents, il n'est jamais question de bébés. Mais bon. Je ne lis pas souvent les faits divers.

À cet instant, la porte de l'immeuble s'est ouverte, et Scotch est apparu, accompagné d'Opaline, rayonnante.

Elle était arrivée la première, forcément. C'est ma faute. J'avais perdu un peu de temps à me doucher, à me parfumer, à choisir mes vêtements. Contrairement à ce qu'a insinué ma mère, ça n'avait rien à voir avec la présence d'Opaline. Quand on est invité chez quelqu'un, on s'habille correctement. C'est la moindre des politesses.

– Bienvenue ! a lancé Scotch.

Il s'est approché le plus tranquillement du monde, a fait la bise à mes parents, aussitôt imité par Opaline qui, au passage, m'en a offert une aussi. La deuxième de ma vie. Je le note. C'est un carnet de comptes, je rappelle.

Scotch m'a serré la main, puis a salué un à un tous les types en leur donnant de faux coups de poing sur le poing. J'ai entendu des « Ça va ? » et des « Tranquille ».

Ensuite, nous sommes montés tous les

quatre dans l'ascenseur. C'était un vieil ascenseur branlant et tremblant, sans porte coulissante. On voyait défiler les étages. Les murs étaient couverts d'inscriptions que je préfère ne pas recopier ici parce qu'elles sont encore pires que les blagues de Patrick. À un moment, la cabine s'est immobilisée brutalement entre deux paliers, avec un claquement sourd. Papa a poussé un petit cri et s'est réfugié dans les bras de maman. C'est rare. J'aime bien. Puis nous sommes repartis.

– Rien de grave, a expliqué Patrick. Quelqu'un a dû appuyer sur le bouton d'arrêt d'urgence.

– Ah bon ? Mais pourquoi ? a dégluti papa.

– Pour rigoler. Ça arrive tout le temps.

Puis il a indiqué que les individus qui nous avaient accueillis en bas étaient *très gentils,* mais qu'il existait une autre bande, deux blocs plus loin, et que ceux-là étaient beaucoup moins gentils. Une fois, ils avaient brûlé la voiture de gens qui s'étaient garés dans le quartier.

– Mais pourquoi ? a insisté papa.

– Pour rigoler. Venez, on est arrivés.

Nous avons débouché sur un palier qui sentait les légumes cuits et le cirage. L'obscurité était totale.

Je m'aperçois tout à coup que j'ai oublié depuis un petit moment d'utiliser le présent de narration. Je m'y remets. Ça correspond avec l'arrivée chez Patrick. C'est bien. L'instant est important, il faut que ce soit très vivant.

– La minuterie fonctionne mal, indique Patrick. Tenez-vous par la main et suivez-moi. C'est en face.

J'attrape la main d'Opaline. Elle est douce et tiède. Je la serre avec tendresse pour la rassurer. Quand la lumière revient sans prévenir, je m'aperçois que c'est la main de Scotch. La porte d'un appartement s'ouvre, ses parents se tiennent sur le seuil. Ils nous invitent à entrer.

– Nous sommes venus les mains vides, annonce papa. Le dimanche, pas moyen de trouver un magasin ouvert.

Apparemment, ça n'a aucune importance. Nous prenons place autour d'une table basse croulant sous un assortiment de délices. Uniquement des aliments interdits. J'en salive d'avance.

– Thomas ne prendra rien ! glapit ma mère. Il… il est allergique.

Mais j'aperçois le clin d'œil de Patrick. Un clin d'œil que je décode facilement : « T'inquiète, dès qu'ils seront repartis, on va voir ce qu'on va voir. »

Ce qui m'oblige à ajouter à son sujet que :

4) Sans être tout à fait un pote, il pourrait presque devenir un copain.

Mes parents ne s'attardent pas. Papa jette de fréquents regards par la fenêtre qui donne sur le parking. Les histoires de voitures brûlées, je le sens bien, le rendent fébrile. En partant, il demande timidement au père de Patrick :

– Je me disais, si ça ne vous dérange pas trop, peut-être que vous pourriez nous le ramener quand ils auront fini de jouer ? Ça éviterait qu'on vienne le chercher pile au moment où ils s'amusent le mieux.

– Pas de problème, Jean-Yves, ça nous donnera une nouvelle occasion de trinquer. J'adore ta vodka.

Avec un petit pincement au cœur, je regarde, à travers la vitre, la voiture de mes parents quitter la cité en zigzaguant entre les jeunes.

– Bon, dit Patrick, on se la feuillette, cette encyclopédie des nuages ?

Au début, Opaline semble enthousiaste. Assise sur le lit entre nous deux, elle écoute avec attention les explications de Patrick sur les stratus, les nimbus, les cumulus, puis je remarque que ses paupières commencent à s'alourdir légèrement. Peut-être parce que les nuages ressemblent à des moutons et qu'à force de les voir défiler on s'assoupit.

Heureusement, à cet instant, quelqu'un gratte à la porte de la chambre en poussant une sorte de cri rauque et impérieux.

– C'est Gilbert ! s'exclame Patrick, ravi.

Il ouvre la porte, et un vieux chat jaunâtre fait son entrée, l'air contrarié. Il saute aussitôt sur le lit, puis sur les cuisses d'Opaline. Ensuite, il s'installe avec méthode, comme font les chats : il pétrit d'abord longuement le ventre de notre amie, accroche ses griffes dans les mailles de son pull, frotte ses babines à ses mains, éternue, cherche la meilleure position possible, avant de s'endormir en ronronnant.

– Il est complètement craquant, affirme Opaline en plongeant son visage dans le pelage pelé de la vieille bête.

– Oui, renchérit Patrick. Et, en plus, il est presque autonome. Là, tel que tu le vois, il revient du local poubelle, je reconnais l'odeur. Il adore se rouler dans les déchets. Et il trouve toujours de quoi manger.

– C'est génial, commente Opaline, qui interrompt tout de même son flot de bisous.

Puis elle réussit habilement à dévier la conversation sur les chats, dans l'espoir que Patrick oublie un peu les nuages. Elle parle de la mort

ORAGES
NUAGES
Z Z Z Z

de son vieux matou, l'année dernière, qui l'a plongée dans le désespoir (je m'en souviens, ça m'a donné pas mal d'occasions de la consoler). Elle dit qu'elle rêve d'acheter un ragdoll.

– Un quoi ?

– Un ragdoll. C'est une race de chats très spéciale. *Ragdoll* signifie « poupée de chiffon », en anglais. Parce que, dès que tu les prends dans les bras, ils deviennent tout mous. En plus, ils sont magnifiques, ils ont de longs poils très doux, ils adorent jouer.

Patrick et moi hochons la tête. Opaline, lorsqu'elle évoque cet animal, est complètement transfigurée. Ses yeux étincellent, et ses dents aussi, parce qu'elle sourit de joie. C'est décidé. La semaine prochaine, j'emmène mes parents à la SPA et je lui rapporte un ragdoll. Je suis comme ça. J'aime faire le bonheur des gens.

– Par contre, prévient-elle, comme si elle avait lu dans mes pensées, c'est très cher, comme chat.

Ah, zut. Très cher. Pas grave. S'il le faut, je suis prêt à sacrifier au moins la moitié de mes économies. J'attendrai un peu pour Dragons d'or.

– Il y a une dame qui en élève, dans la région, mais elle ne les vend pas à moins de mille euros.

Silence. On n'entend plus que le ronronnement enrhumé de Gilbert et, provenant du salon, les bruits produits par quelqu'un qui déballe et mâche de la nourriture interdite, en regardant des émissions prohibées à la télé.

– Mille euros ? demande Patrick d'une voix sourde. Pour un chat ?

– Un ragdoll, insiste Opaline. Où est ton ordi ? Je vais t'en montrer sur Internet. Tu vas voir, tu vas craquer. Obligé.

Mais Patrick hoche négativement la tête, embarrassé. J'échange un regard perplexe avec Opaline. (Elle lance de très jolis regards perplexes.)

– On n'a pas Internet, lâche brusquement Patrick.

Opaline se creuse pour trouver quelque chose à dire. Moi, je la regarde se creuser, ce qui m'empêche de réfléchir. J'ai du mal à faire deux choses à la fois.

– Tes parents sont contre, c'est ça ? Ils ont raison. Il paraît que l'informatique, ça détruit les neurones.

– Non, non, c'est juste qu'on n'a plus les moyens, depuis que mon père est au chômage.

Gilbert se met à ronronner deux fois plus fort. Sans raison particulière. Ou alors il aime que son maître soit au chômage. C'est possible. On ne saisit pas toujours la logique des chats.

– C'est pas grave, conclut Opaline. Je t'apporterai des photos de ragdoll à l'école, demain.

Elle est presque aussi douée que papa pour trouver quelque chose à dire dans les situations compliquées.

– Bon, dit Patrick en rouvrant son encyclopédie des nuages. On s'y remet ?

Lundi 8 février

Et voilà, tout se complique à l'école à cause de Patrick.

À la récré, Théo me fait signe qu'il veut me parler. Je le suis jusqu'au parloir. (Il s'agit d'un coin secret de la cour, situé tout au fond, entre le garage à vélo et le local technique. Certains s'y rendent pour s'embrasser, mais, normalement, le parloir est réservé aux réunions secrètes et hyper importantes. C'est là aussi qu'on s'échange les cartes Dragons d'or les plus rares.)

– Vous allez où ? Je peux venir avec vous ? demande Patrick.

Théo grimace, lève les yeux au ciel, secoue la tête.

psch
psch

– Non, Scotch ! s'énerve-t-il. On a des trucs importants à se dire.

– Pourquoi tu m'appelles Scotch ?

– Devine !

J'adresse à Patrick un regard ambigu qui signifie à la fois que je suis désolé et que, quand même, il faut qu'il apprenne à laisser les gens tranquilles de temps en temps. C'est difficile de faire tenir toutes ces idées dans un seul regard. J'espère qu'il comprend.

Pas sûr parce qu'il nous regarde nous éloigner avec un air de souriceau désespéré. Et, évidemment, ça ne rate pas, Opaline vient le consoler.

– Dépêche-toi, ordonne Théo. La récré est courte.

Arrivé au parloir, il me fait signe de m'approcher.

– J'ai des infos sur Scotch. Je sais pourquoi il est ici.

– Tu ne pourrais pas l'appeler par son prénom ? Je trouve que…

– Ses parents ont été obligés de lui faire quitter son école parce qu'il était harcelé par des types. J'ai appris ça par un pote de mon frère qui a un cousin dont la petite sœur connaît quelqu'un qui vit dans la cité Prévert.

– Harcelé ? Mais pourquoi ?

– J'en sais rien, moi ! s'agace Théo. Tout ce que ça prouve, c'est que c'est un nase. C'est les nases qui se font harceler. Je me doutais bien qu'il était louche, ce mec. *Over* saoulant.

Théo maîtrise de mieux en mieux le langage collège.

– Et je vais te dire, s'il continue comme ça, il ne va pas tarder à avoir des ennuis ici aussi, poursuit-il.

– S'il continue quoi ?

– À coller les gens. À *te* coller. Si ça se trouve, il est amoureux de toi.

Là, Théo éclate de rire en me donnant une bourrade dans l'épaule. Je souris un peu, par réflexe.

– Bon, bref, conclut Théo. Je voulais te

prévenir qu'avec les potes on commence à en avoir marre que tu nous délaisses pour ce mec. Va falloir choisir ton camp.

– Mais qu'est-ce que tu veux que je fasse?

– Sois ferme avec lui. Comme j'ai fait tout à l'heure. Tu lui dis stop. Tu es libre, mec! Tu vas pas t'encombrer d'un boulet comme lui!

Par chance, la sonnerie retentit, me dispensant de trouver une réponse. J'ai du mal à réfléchir vite. Trop d'informations à la fois. Patrick harcelé. Pourquoi? Il faut que j'enquête. Et pour ce qui est de choisir mon camp… Je n'aime pas les camps. Ni les ennemis ni les ennuis, en général. Sauf dans Dragons d'or, parce qu'on peut quitter la partie quand on veut.

La suite de la journée est particulièrement horrible. J'essaie de mettre de la distance entre Patrick et moi. Mais, dès que je l'abandonne, Opaline le rejoint. Et Théo me surveille. Après la cantine, il me félicite parce que j'ai réussi à faire en sorte que Patrick ne déjeune pas à côté de moi. Mais je me sens très mal. D'abord parce que je n'arrive pas à comprendre pourquoi j'obéis à Théo. Ensuite, parce que les histoires de Théo, je m'en rends compte maintenant, sont beaucoup moins intéressantes que celles de Patrick. Avant de retourner en classe, l'après-midi, je les observe, Opaline et lui, en train d'examiner pour la vingtième fois les photos de ragdoll qu'elle a apportées. Je repense au fait qu'il ne soit pas abonné à Internet, à ces histoires de harcèlement, à la cité Jacques-Prévert. Je sens que tout ça est un peu compliqué pour moi. Il va falloir que je demande l'avis de mes parents. Cette perspective ne m'amuse guère, mais il faut reconnaître qu'en certaines occasions, dans la vie, les parents peuvent être un peu utiles.

– Tu m'écoutes ? aboie Théo.

– Non, absolument pas.

Deux secondes de stupeur. Je ne comprends pas moi-même comment j'ai eu le culot de répondre une énormité pareille. À Théo, en plus. J'étais distrait. Il me fixe, d'abord stupéfait.

Ses sourcils se froncent tellement qu'ils se rejoignent presque entre ses yeux. Il a de gros sourcils. Puis, soudain, les sourcils remontent, et il éclate de rire. Je vois toutes ses dents et jusqu'au fond de sa glotte. Tous ses potes rient aussi, au cas où, sans trop savoir pourquoi.

– Tu es trop cool, comme mec ! déclare Théo avant de se remettre à rire.

Ah bon. Tant mieux.

– «Absolument pas», répète Théo en imitant ma voix (une voix ridicule, dans sa bouche). Trop stylé, franchement, conclut-il.

J'ai eu chaud. C'est comme ça avec Théo. Parfois une parole malheureuse attire sur vous sa colère. Mais il lui arrive aussi de juger stylée une phrase prononcée par hasard. Et alors là, vous avez la paix pour la journée. Je vous explique tout ça, chers habitants du futur, au cas où il existerait encore, à votre époque, des garçons comme Théo. N'hésitez pas à vous appuyer sur mon expérience. Peut-être que mon carnet va devenir un livre sacré. Un ouvrage de sagesse philosophique. Je pense qu'il a toutes ses chances.

Après avoir expédié mon contrôle d'histoire, je me décide à adresser un petit mot à Patrick. Depuis que nous n'avons pas mangé ensemble à midi, il a l'air triste, et Opaline au bord de bouder. Ça ne peut pas durer. Et puis j'ai trop envie de savoir. Sur un minuscule morceau de papier d'environ un millimètre sur deux, j'écris :

Désolé, j'ai dû consacrer un peu
de temps à Théo. Il est très...

(Là, je réfléchis longtemps parce que je n'ai pas mon dictionnaire sous la main.)

Très possessif.

Après quoi, je plie le bout de papier en douze et, d'une pichenette, je l'expédie pile sur le cahier de Patrick. Je suis très bon en pichenettes. J'aime bien le mot, aussi. Si, un jour, j'ai une fille avec Opaline, j'aimerais bien qu'elle s'appelle Pichenette. Qu'est-ce que je raconte ? N'importe quoi.

Patrick me répond. Il est moins bon que moi. Sa réponse atterrit sur la table de Gaspard (qui adore que des choses atterrissent sur sa table). Il veut déplier le message, mais j'interviens à temps, me jette sur lui, lui arrache le bout de papier, une paire de lunettes vole, la maîtresse lève les yeux, ouvre la bouche pour prononcer mon arrêt de mort, mais, juste à ce moment, Opaline lève le doigt.

La maîtresse hésite une seconde, au cours de laquelle je me rassois en vitesse.

– Oui, Opaline ? dit la maîtresse.

– Je ne me sens pas très bien. J'ai un peu envie de vomir.

C'est très habile parce que la maîtresse a horreur des vomissements. La dernière fois que c'est arrivé, ça a créé une espèce de contagion dans la classe. Plusieurs personnes ont régurgité leur repas, les unes à la suite des autres, c'était le jour où on avait mangé des betteraves à la cantine, et je ne souhaite à personne de vivre un moment pareil.

Bref, la maîtresse s'affole, demande à Amandine et à Léopoldine d'accompagner Opaline aux toilettes, et oublie complètement qu'elle avait l'intention de me réprimander. Je lis la réponse de Patrick :

Pas grave.

À partir de là, nous réussissons à communiquer plus discrètement, par un échange maîtrisé de pichenettes.

J'ai appris que tu avais été harcelé.

(Oui, j'ose aborder le sujet. Parce que je sais que mes parents vont me conseiller de ne surtout pas lui en parler, et trouver que c'est très indiscret de ma part. C'est l'avantage de bien connaître ses parents. On peut anticiper leur réponse et faire les choses *avant* qu'ils ne nous les interdisent.)

Patrick se rembrunit (là, on est le soir, et j'ai mon dictionnaire), hésite un peu avant de répondre, puis finit par m'expédier le message suivant :

Oui. Par la bande de gars dont je t'ai parlé. Ceux qui ne sont pas gentils.

D'accord. Théo ne raconte pas toujours n'importe quoi. J'approfondis.

Et pourquoi ?

Il hoche la tête, comme s'il était heureux, finalement, de tout me dire.

Parce que j'ai défendu une fille qu'ils avaient décidé de persécuter. Elle a été obligée de quitter l'école. Après, ç'a été moi.

En rentrant de l'école, je réfléchis à tous ces problèmes et me pose un petit milliard de questions.

Je n'ai pas toutes les réponses mais un fait, au moins, me paraît certain.

Patrick est tout sauf un nase.

Lundi 8 février

(Oui, c'est la même date, mais ce que je vais raconter s'est passé le soir, après l'école, et la nuit. Je préfère séparer les moments.)

Au dîner, mes parents et moi reparlons de Patrick comme prévu.

Dans quelques minutes, il va se produire un événement inattendu, et j'aurai une idée géniale, mais j'en parlerai un peu plus loin. Je trouve que ça crée un sacré suspense.

Donc, pour l'instant, nous reparlons de Patrick. Je leur révèle qu'il n'a pas Internet. Ils poussent des cris. Mes parents aiment pousser des cris pour manifester leurs émotions.

C'est leur façon de s'épancher. Cette fois, ce sont des cris de surprise mélangés à de l'admiration, avec une pointe de pitié.

– Voilà pourquoi, dit ma mère, ce garçon est particulièrement éveillé. Il ne passe pas son temps sur les écrans. Suivez mon regard.

Pas la peine de le suivre, ce regard. Je sais qu'il est fixé sur moi. Qu'est-ce qui m'a pris d'aborder ce sujet ?

Papa affirme à son tour que c'est formidable de ne pas avoir Internet, que ça libère le cerveau, que ça redonne du sens à la vie, que…

– Non, je réponds. C'est juste parce qu'ils n'ont plus les moyens de s'abonner.

Mon père hoche la tête, embarrassé, puis s'enthousiasme.

– Ce garçon, finalement, il a un peu la même enfance que moi. Pas d'Internet. Pas d'argent. L'imagination au pouvoir. Les copains.

J'évite de lui rappeler que sa mère était chirurgienne, et son père, notaire. Qu'il vivait dans une grosse maison au cœur d'une banlieue résidentielle calme qui ne ressemblait pas du tout à l'immeuble de Patrick.

– Avec les amis, ajoute mon père, on avait créé quelque chose de formidable. Un club.

– Un club ?

– Oui. On disait aussi un cercle. Pour pouvoir en faire partie, il fallait réussir des épreuves. On se prenait pour les chevaliers de la Table ronde.

– Des épreuves ? Quel genre d'épreuves ?

– Oh, eh bien, par exemple, s'introduire dans une propriété privée, résoudre des énigmes, vaincre un camarade à la lutte, ce genre de choses.

Et là, pour une fois, papa m'intéresse vraiment. Pire, il me passionne. Parce que j'entrevois une solution à mes problèmes du moment. Et si je créais un club à l'école ? Un groupe de potes ? Une confrérie ? Je m'arrangerais pour que Théo en fasse partie, et aussi Gaspard et, bien sûr, Patrick et Opaline. Moi, je serais le chef. Je leur ferais subir des épreuves pas trop difficiles, et après, on ferait tous partie du même cercle. Je suis sûr et certain que ça créerait des liens entre nous. Théo et Patrick finiraient par s'entendre (il suffirait, par exemple, que Patrick sauve la vie à Théo, il me reste juste à trouver dans quelles circonstances).

C'est génial ! Fabuleux ! Les clubs, les cercles, les guildes, les groupes, ça me rappelle un peu l'ambiance des Dragons d'or. Un univers que je connais bien. C'est décidé. Demain, je crée mon club.

Je décide de monter me coucher tôt pour pouvoir réfléchir à mes projets.

Et c'est dans mon lit que se produit l'événement que je vous ai annoncé tout à l'heure.

Je perds une dent.

Une grosse molaire. Elle bougeait depuis un bon moment. Je n'en avais pas parlé parce qu'on ne peut quand même pas tout dire dans un journal intime. Et ça ne me semblait pas très important.

Mais là si, parce juste après la chute de la dent

(qui se passe sans douleur ni effusion de sang, à ma grande surprise), survient l'idée géniale que je vous avais promise.

Mais d'abord, il faut que j'explique deux ou trois choses au sujet de la petite souris.

Je ne sais pas si tous les parents sont pareils, je n'ai jamais osé en parler avec mes amis, mais les miens font une fixation sur la petite souris.

Le Père Noël, ça va. Ils m'ont avoué assez vite qu'il n'existait pas. Mon père m'a expliqué que, d'ailleurs, Noël était devenu une « vaste opération commerciale » et que, si ça ne tenait qu'à lui, il rétablirait les traditions d'autrefois. Pas de cadeaux. Une orange, à la rigueur, et une messe de minuit.

Mais la petite souris, allez savoir pourquoi, ils y tiennent. À chaque dent perdue, ils prennent des airs mystérieux, échangent des clins d'œil, me recommandent d'envelopper la dent dans un mouchoir, de la glisser sous mon oreiller, de m'endormir sagement, profondément. Après, c'est toujours pareil, je fais semblant de m'assoupir, mon père se glisse dans ma chambre, muni d'une lampe de poche, et substitue à la dent une misérable pièce de vingt centimes.

– C'est bizarre, fais-je observer, elle est radine, la petite souris. Et ses prix n'augmentent pas avec le temps.

– Elle n'est pas radine, explique papa. Elle est *petite*. Par conséquent, elle ne peut pas transporter de grosses sommes. C'est mathématique.

Mille fois, je leur ai demandé d'arrêter la comédie et de reconnaître officiellement que la petite souris n'existait pas. Rien à faire. Au fond, je crois que je sais pourquoi. La petite souris, c'est l'enfance. Quand ils renonceront à entretenir sa légende, cela signifiera que je ne serai plus un enfant. Que j'entrerai dans l'adolescence. Que je ressemblerai au grand frère de Théo. Et ça, je comprends, c'est terrifiant. Alors je tolère cette vieille histoire de rongeur qui achète les dents. (Histoire totalement absurde, quand même. Pourquoi une souris ? Pourquoi des dents ? Et d'où est censé venir l'argent ? Si on fait la somme de tous les gosses qui perdent leurs dents, il faut imaginer que la petite souris est au moins aussi riche que Picsou, ce vieux canard bizarre qui se balade fesses nues sous son costume. Enfin bon, c'est un autre sujet.)

Donc, quand ma molaire tombe, j'ai d'abord la tentation de me précipiter dans la chambre des parents afin qu'ils n'oublient pas de me rétribuer, cette nuit. Et puis je me dis qu'il y a peut-être mieux à faire.

J'attends que tout le monde s'endorme.

Je me lève discrètement, descends l'escalier à pas de loup et fouille dans le porte-monnaie de papa.

Oui, vous avez bien lu.

J'y découvre un billet de vingt euros que je prends, le cœur battant. Puis je retourne me coucher et je mets du temps à trouver le sommeil, à cause de mon projet de club.

Mardi 9 février

Le lendemain, au petit déjeuner, je brandis le billet sous le nez de mon père, qui manque de renverser son café sur ses genoux.

– Que… qu'est-ce que c'est que ça ? s'étrangle-t-il.

– Un billet que j'ai trouvé sous mon oreiller, à la place de la grosse dent que j'ai perdue hier soir.

Je montre le trou dans ma mâchoire.

– Tu… tu as perdu une dent ? Et tu ne me l'as pas dit ?

– Ben, non. Je n'ai pas voulu vous réveiller. Et puis c'est la petite souris qui gère, non ? Elle, elle *savait* pour ma molaire. Forcément. C'est son job. Vous vous rendez compte ? Elle est passée de vingt centimes à vingt euros. Sûrement parce que c'est une dent énorme. Je retire ce que j'ai dit. Elle n'est pas du tout radine.

Mon père se lève, vérifie dans son porte-monnaie, revient, furieux.

– Rends-moi mon argent.

Je roule des yeux innocents.

– Ton argent ? Quel argent ? C'est celui de la petite souris, je te dis.

Là, ça commence à dégénérer parce que papa est extrêmement contrarié. Il y a des sujets sur lesquels il a peu d'humour. Maman, par contre, éclate de rire.

– Il est trop mignon !

– Trop mignon ? Tu trouves mignon que ton fils me vole ?

– Allez, Jean-Yves, sois bon joueur. Reconnais qu'on s'est fait avoir.

Mais mon père ne veut rien entendre. Il se penche par-dessus la table pour m'arracher le billet. Maman se fâche. Ils se disputent.

– Je n'ai jamais vu quelqu'un d'aussi pingre que toi ! crie maman. Incapable de la moindre générosité ! Quand je pense que le petit camarade de Thomas vit dans la pauvreté. Tu devrais avoir honte !

Papa blêmit. Il se lève.

– Pingre ? Moi ? Incapable de la moindre générosité ?

Il monte l'escalier quatre à quatre et revient, chargé d'un gros sac en plastique qui paraît bourré de choses molles.

– Tiens, Thomas. Tu donneras ceci à Patrick.

Soupçonneux, je jette un coup d'œil dans le sac et discerne un fatras de tissus.

– Ce sont de vieux vêtements que j'aime bien, mais dont je consens à me séparer. Il y a notamment plusieurs pulls et gilets tricotés par moi-même, sa Majesté le roi des Pingres. Tu les donneras à Patrick pour que ses parents aient chaud cet hiver.

C'est à mon tour de blêmir.

– Tu… tu plaisantes, j'espère ?

– J'en ai l'air ?

– Mais, papa, je ne peux pas faire ça ! C'est la pure honte totale ! Pour moi et pour Patrick.

– C'est honteux d'être généreux ?

Il n'en démord pas. C'est sa vengeance contre maman et moi. D'ailleurs, elle ne me soutient pas du tout et sourit. C'est vrai que, sur ce coup-là, mon père s'est montré plus rusé que moi. Il m'aura fait payer cher mon billet de vingt euros.

La rage au ventre, je pars à l'école, chargé du sac. Mon cerveau mouline à toute vitesse pour trouver une solution.

Et finalement, elle se présente sous la forme d'une grosse poubelle, peu avant d'arriver à l'école. Tant pis. Pas d'autre solution. Il faut que je me débarrasse de ce fardeau compromettant. Coup d'œil à gauche, personne, c'est bon. Coup d'œil à droite.

Patrick et Opaline.

Tout est fichu.

– Bonjour, Thomas, qu'est-ce que c'est? se renseigne Patrick.

– Écoute, Scot… Patrick. Ce n'est pas du tout ce que tu crois.

– Et qu'est-ce que tu crois que je crois que c'est?

Je soupire. Mon cerveau ne mouline plus. Il est bloqué. Ma bouche parle toute seule.

– Eh bien, des vêtements pour tes parents. De la part de mon père.

Petit moment d'incertitude silencieuse. Tout le monde fronce les sourcils pour des raisons différentes. Patrick parce qu'il n'est pas sûr d'avoir bien compris, Opaline parce qu'elle a compris, et moi parce que je m'attends au pire quand il comprendra.

– Tu veux dire… finit par articuler Patrick. Que ton père nous fait cadeau de vieux vêtements à lui?

– C'est… c'est à cause d'Internet, je bredouille.

Et là, en plus de froncer les sourcils, je ferme

les yeux de toutes mes forces, comme quand on m'a forcé à plonger dans le grand bain, en CP. Patrick va me frapper. C'est sûr. Il va me jeter dans cette poubelle, il va…

– C'est super gentil.

Je rouvre les yeux. C'est Patrick qui a parlé. Il fouille dans le sac avec curiosité.

– Ton père a le cœur sur la main. Bien sûr, tu dois être très gêné, pas vrai ?

– J'avoue, avoué-je.

– J'ai la solution, m'assure Patrick.

Je rêve. Il a la solution. Je viens de lui infliger une humiliation mortelle, et c'est lui qui me propose une solution pour échapper à l'humiliation de l'avoir humilié. Je bredouille une question informe, quelque chose comme :

– Mmh, que ?

Et il me répond quelque chose que je prends d'abord aussi pour un bredouillement.

– Un potlatch.

– Un quoi ?

– Un potlatch. C'est une espèce de don

traditionnel chez certains peuples anciens. Et en même temps, c'est un défi.

– Un défi ?

– Oui. Tu me donnes quelque chose et tu me mets au défi de te donner quelque chose d'équivalent. Ça s'appelle un potlatch. J'ai lu ça dans mon encyclopédie de l'histoire du monde. Il faudra qu'on la feuillette, la prochaine fois que vous viendrez.

J'ai vérifié dans le dictionnaire. C'est vrai.

Patrick examine avec un certain respect les gilets tricotés, puis il sort du sac une pièce d'étoffe qui me fait écarquiller les yeux. Et là, je mesure toute la perfidie de mon père.

C'est la robe neuve très chère que ma mère vient de s'offrir.

Je n'en reviens pas. Elle le traite de pingre, et il refile sa robe à la mère de Patrick.

Celui-ci siffle d'admiration.

– Maman va adorer ! C'est vraiment trop gentil.

– Penses-tu, dis-je. C'est trois fois rien.

Opaline, qui n'a encore rien dit mais a examiné la scène avec attention, me colle une bise sur la joue. Ça commence à devenir une habitude.

– Vous êtes une chouette famille, me chuchote-t-elle.

Bon. Après tout. Admettons. Patrick s'empare du sac, me serre longuement la main, et nous poursuivons notre chemin vers l'école, comme si de rien n'était. Coup de bol supplémentaire, aucun des autres potes n'a été témoin de ce moment. Encouragé par l'idée que les dieux, pour une fois, semblent être de mon côté, je leur expose mon projet de club. Ils sont aussitôt enthousiastes.

– C'est génial ! s'écrie Patrick.

L'ennui, c'est qu'il s'écrie un peu trop fort, et que nous sommes arrivés au milieu de la cour. Théo a entendu. Il s'approche, suivi de Gaspard, Térence, Apolline, Justine, leurs potes et des potes de leurs potes.

– Qu'est-ce qui est génial ? demande Théo.

– Vas-y, m'encourage. Patrick. Explique !

Je réexplique. Tout à coup, ce projet ne me semble plus une aussi bonne idée. Un mauvais pressentiment. Théo fait la moue.

– Bon, concède-t-il. D'accord. C'est une idée pourrie mais d'accord. À condition que ça soit moi le chef.

Et là, je ne sais pas ce qui me prend, je vois rouge. Encouragé par l'expression indignée d'Opaline, que Théo semble agacer autant que moi, je proteste vigoureusement. Oui, chers lecteurs du futur, à ce moment précis je fais preuve de courage. Je trouve même des *choses* à répondre à Théo. Je lui dis que c'est moi qui ai eu l'idée, qu'il est donc hors de question qu'il récupère le projet à son profit, et, d'abord, pourquoi y aurait-il un chef ? (Je sais, j'avais envisagé au départ de prendre moi-même le commandement, mais c'est vrai, après tout, pourquoi y aurait-il toujours des chefs partout, tout le temps ?)

Silence dans les rangs, puis quelques voix

s'élèvent, quelques têtes sont hochées pour dire que j'ai raison. Théo hésite un instant et finit par céder.

– OK, OK. Alors c'est quoi, la suite du programme ?

Je réfléchis. Pas longtemps.

– Les gens qui souhaitent faire partie du club devront subir une épreuve.

Gros succès. Tout le monde désire s'inscrire. Il est bien possible que ce que j'avais envisagé au départ comme une petite confrérie secrète réunissant quelques membres choisis avec soin finisse par rassembler toute l'école. Mais, après tout, c'est peut-être aussi bien. Si on fait tous partie du même club, ça dissipera peut-être les tensions. Et Patrick sera mieux intégré. Je me racle la gorge, exige le silence et, incroyable, je l'obtiens.

– Les épreuves auront lieu dans les jours qui viennent. Leur existence ne doit évidemment pas parvenir aux oreilles des adultes. Il s'agit d'un cercle très secret.

Tout le monde et Opaline m'écoutent avec, me semble-t-il, une lueur d'intérêt admiratif dans les yeux.

– Aujourd'hui, je décrète, ce sera le tour de Théo et d'Opaline.

Murmures, mouvements, bruissements de doudounes. Les gens sont captivés. Je dois reconnaître que c'est assez agréable de captiver les gens.

– Théo devra rendre une dictée sans fautes.

Ça m'est venu comme ça. La foule pousse de petites exclamations. Théo est furieux. Il y a de quoi. C'est le jour de la grande évaluation d'orthographe. Une dictée d'au moins dix lignes avec des verbes conjugués à des temps très difficiles (pas le moindre présent de narration), et des mots d'autrefois (tels qu'automobile, sofa, macédoine, cabine téléphonique). Normalement, nous sommes censés avoir mémorisé le vocabulaire à l'avance, mais Théo ne le fait jamais. Il est contre l'orthographe. C'est un peu vache de ma part de lui proposer cette épreuve, je reconnais, mais c'est à lui de voir s'il veut intégrer le club ou non. Et puis, si j'avais vraiment été cruel, je lui aurais demandé d'écrire « potlatch ».

– Trois fautes, plaide-t-il. Tu m'accordes trois fautes.

Je n'en reviens pas. Théo négocie ! Ce qui signifie qu'il est vraiment motivé. Sans doute parce qu'il voit bien que tout le monde adore l'idée du club. S'il se défile, il passe pour un loser.

– Une faute, dis-je.

– Deux.

– Bon, d'accord, deux. Mais les accents comptent.

Il se contient pour ne pas exploser. Tous les regards sont fixés sur lui. À ce moment, deux pensées me traversent la tête. J'espère que Patrick ne parlera à personne des gilets tricotés et de la petite robe de ma mère. Et j'espère aussi que personne ne remarquera que j'ai perdu une molaire. Même si ça arrive à tout le monde, ce genre d'événement vous vaut généralement entre deux jours et une semaine de moqueries pénibles. Un peu plus que quand on se fait couper les cheveux.

– D'accord, dit Théo. Deux fautes.

La maîtresse vient nous chercher pour monter en classe. Accaparés par ce projet de club, nous n'avons pas entendu la sonnerie.

– On y va, les enfants. Je vous rappelle que nous commençons par la Grande Dictée.

À sa stupéfaction, toute la classe se rue vers l'entrée du bâtiment en poussant des exclamations enthousiastes.

– Et moi, ce sera quoi, mon épreuve ? me chuchote Opaline, un peu anxieuse, tandis que nous gravissons l'escalier.

Je lui accorde un petit sourire mi-rassurant, mi-pas du tout.

– Tu verras tout à l'heure.

Mon père a raison. C'est fabuleux de fonder un club. Je me sens gonflé d'une puissance nouvelle. Et les dieux continuent de m'épauler parce que Patrick réussit à fourrer le gros sac de vêtements dans son casier sans que personne lui pose de questions. C'est un des rares avantages d'être considéré comme spécial. Tout le monde trouve normal que vous fassiez des choses bizarres.

Quand la dictée démarre, je jette un petit coup d'œil à Théo, par-dessus mon épaule. Je ne l'ai jamais vu si concentré. Il taille soigneusement deux crayons (pourquoi deux ?) qu'il dispose à côté de sa copie. Il fait craquer une à une les articulations de ses doigts comme avant un combat décisif et, dès que la maîtresse commence à dicter, tire un petit bout de langue rose et triangulaire.

Le silence est spectaculaire. On n'entend que le crissement des stylos sur les feuilles, le frottement, parfois, d'une gomme ou d'un effaceur.

J'aime bien les dictées. Les mots se gravent dans ma mémoire. Je les retrouve facilement, comme dans un dictionnaire intérieur. Pour d'autres, au contraire, l'écriture est un vrai combat. Gaspard, par exemple. De ma place, j'ai une vue dégagée sur sa feuille. Je le vois se battre avec l'adverbe « bruyamment ». Il le couche sur le papier mais le mot résiste, se tortille, Gaspard le rature, gomme un « m », le rajoute, l'encre bave, il remplace le dernier « e » par un « a », ça ne va pas du tout, c'est moche, il efface et, pendant ce temps, la maîtresse prend de l'avance. Gaspard abandonne la bataille contre « bruyamment » et part à l'assaut d'« accueillir », un ennemi particulièrement redoutable.

Moi, ça va, j'accorde les verbes avec leurs sujets, distingue les participes passés des infinitifs, place les « x » à leur place, au bout des poux et des cailloux. C'est presque trop facile.

Un nouveau coup d'œil à Théo m'apprend qu'il se bagarre, lui aussi. Son front et ses mains sont moites, sa langue rentre et sort, ses sourcils gigotent. C'est un duel sans merci, d'homme à mots.

À la fin de la dictée, il supplie la maîtresse

de le laisser relire plusieurs fois, ce qu'elle lui accorde, surprise. D'habitude, il rend sa copie comme on jette un papier gras à la poubelle.

Et, encore plus incroyable, à la fin de la matinée, juste avant le déjeuner, elle annonce publiquement qu'elle a pris le temps d'examiner la dictée de Théo. Et qu'il a fait ZÉRO faute.

Cette nouvelle est *accueillie bruyamment.* Par un tonnerre d'applaudissements et de hourras. La maîtresse nous déclare qu'elle se réjouit de notre enthousiasme tout neuf pour les subtilités de la langue française. Théo brandit les deux poings en signe de victoire.

– Bienvenue au club, lui dis-je en lui serrant la main.

Lorsque nous prenons place autour de la table, à la cantine, Opaline revient à la charge.

– Et moi ? Mon épreuve ?

En voyant arriver la dame chargée de nous servir, je souris. L'idée s'impose d'elle-même quand je me rappelle la fois où Patrick a eu la gentillesse de manger mon chou-fleur.

– Toi ? Tu devras finir ton assiette.

Opaline blêmit. Elle vient d'apercevoir, elle aussi, le contenu des grands plats métalliques. Ce sont des bettes. Non, je n'ai commis aucune faute d'orthographe. Des bettes. Chers futuriens (tiens, je vais vous appeler comme ça, c'est joli), je ne sais pas si les bettes existent encore à votre époque. Je suis très attristé par l'extinction des espèces, mais, en ce qui concerne les bettes, je vais peut-être faire une exception. Les bettes sont des légumes, comme leur nom ne l'indique pas. Enfin, des légumes, il faut le dire vite. Elles ressemblent un peu à des buissons cuits, dont on mange les tiges et les feuilles. Ce sont des épinards en pire. Du concentré d'endives. C'est à la fois fade et mauvais, comme la salade, comme un documentaire du dimanche après-midi (sur le jardinage), comme un livre…

– Impossible, répond Opaline. Je ne peux pas.

J'ai pitié d'elle. Sur le coup, cette épreuve m'a semblé facile. Après tout, il suffit de se forcer un peu. Mais quand, une fois servis, nous humons le fumet douceâtre de la sauce dont elles sont nappées – une sauce brune à grumeaux –, je me dis que j'ai eu tort.

– Dans ce cas, assène cruellement Théo, tu restes à la porte du club.

S'il ne s'était pas assis avec nous, j'aurais pu proposer un aménagement à Opaline. L'autoriser à n'absorber qu'une ou deux bouchées. Mais il ne nous quitte pas des yeux, sourire aux lèvres. Et les autres le soutiennent. Il a passé victorieusement le test, lui. Si je commence à faire des exceptions, mon club ne ressemblera plus à rien. J'observe Opaline. Ses lèvres tremblent. Tant pis, c'était une mauvaise idée. Je vais tout annuler.

Je l'encourage par de subtils arguments.

– Tu te rappelles ce que tu disais au sujet des animaux maltraités ? Si tu décides de devenir végétarienne comme moi, tu devras t'habituer à manger des choses immondes.

– Tu es végétarien ?

– Disons que c'est en projet.

Alors elle inspire profondément, bloque sa respiration comme pour un long plongeon, ouvre la bouche et y enfourne, un à un, les morceaux de bettes qu'elle coupe mécaniquement, énergiquement, héroïquement. Je vois sa gorge se contracter au passage des bouchées. Une ou deux fois, elle est au bord du haut-le-cœur mais elle tient bon. L'assiette se vide, elle prend un morceau de pain, pompe toute la sauce. La faïence resplendit. Opaline boit deux grands verres d'eau. C'est fait. En moins de cinq minutes chrono.

– Et voilà, prononce-t-elle d'une petite voix d'oie gavée.

Nous n'applaudissons pas parce que la dame de la cantine nous fait un peu peur. En cas de chahut, elle n'hésite pas à balancer une grosse éponge puante dans l'assistance. Mais nos regards éperdus d'admiration en disent long.

– Vous voyez que ce n'est pas si mauvais ! conclut la dame de la cantine. Opaline a tout fini. À votre tour, maintenant. Et si quelqu'un en laisse une miette, je double la dose. À bon entendeur.

– Bon appétit, sourit Opaline.

Là, j'aurais bien voulu écrire: «La journée s'est bien terminée.»

Ç'aurait été presque vrai, pour ce qui concerne l'école. Parce que depuis que j'ai créé le club, comme je l'avais espéré, les choses se sont apaisées. Apparemment, du moins.

Théo est beaucoup plus gentil avec Patrick. Opaline m'a juré qu'elle ne m'en voulait pas, pour les bettes. Personne ne s'est moqué de ma molaire. Les potes brûlent de connaître la nature des prochaines épreuves. Tout le monde veut être membre. J'ai dit que j'allais réfléchir et que je les informerais en temps utile. Je ne suis pas chef, mais, bon, c'est quand même moi qui commande.

Quand je rentre à la maison, mon père me prend à part.

– Bon, Thomas, assez ri. Tu me rends immédiatement le billet que tu m'as volé.

– Que je t'ai volé ? Mais... la petite souris...

– Arrête avec ça. La petite souris n'a jamais existé. Il faut grandir un peu !

C'est alors que la voix de maman nous parvient de l'étage.

– Mes chéris ? Quelqu'un a vu ma nouvelle robe ? Je ne la trouve pas.

Je regarde mon père droit dans les yeux. Il devient gris. Je lis en lui très clairement. Ce matin, quand maman l'a traité de pingre, ça l'a tellement exaspéré qu'il a fourré la petite robe dans le sac de vêtements destiné aux parents de Patrick. Mais maintenant, il regrette. Oh, oui, il regrette. La dernière fois que j'ai vu quelqu'un d'aussi terrorisé, c'était moi dans le miroir de la salle d'attente du dentiste.

– Elle ne va pas être contente, hein, maman, quand je vais lui annoncer que sa robe se trouve actuellement dans un immeuble de la cité Jacques-Prévert. Bon, si tu insistes vraiment, je vais te le rendre, ce billet.

– Non, non, ça va. Garde-le. Mais pas un

mot à maman, tu entends ? PAS UN MOT. Et tu vas t'arranger pour dire à Patrick que… que c'était une erreur. Qu'il doit récupérer la robe et te la rendre. Discrètement. D'ailleurs, heu… C'est vrai. C'était une erreur.

– Vingt euros, dis-je, pour ne rien dire à maman.

– D'accord, d'accord, c'est du chantage, mais admettons.

– Et vingt autres pour parler à Patrick.

– Quoi ?

– J'ai un jeu à acheter, papa.

Depuis que je dirige une confrérie, je ne sais pas, je me sens beaucoup plus à l'aise dans les négociations. Malheureusement, on sonne à la porte.

Maman va ouvrir.

Et se trouve nez à nez avec la mère de Patrick qui porte sa robe. Elle la boudine un peu.

– Surprise ! s'exclame-t-elle.

Et elle entre, suivie de son mari, vêtu d'un gros gilet tricoté par papa, et de Patrick.

– Formidable, cette idée de potlatch, commente le père. Patrick nous a tout expliqué.

La mère tend un paquet à maman.

– Tiens, dit-elle. Je t'en offre une, moi aussi. Je l'ai portée pendant des années. Essaie-la tout de suite, je t'en prie, ça me ferait tellement plaisir.

– Et quant à moi, dit son mari à mon père, je t'offre une de mes fringues préférées. Allez-y, filez vous habiller !

Mes parents sont tellement sidérés qu'ils obéissent, sans un mot. Ils disparaissent quelques minutes, puis reviennent. Ma mère est vêtue d'une robe informe, imprimée de grosses fleurs jaunes. Le tissu pend aux manches et à l'encolure. Mon père porte un maillot de corps, trop grand.

– Je… je ne sais que dire, dit ma mère.

– Les mots me manquent, avoue mon père.

– Le mieux, c'est de boire un coup pour fêter ça, propose le père de Patrick. Il te reste de la vodka, Jean-Yves ?

Jeudi 11 février

Oui, je sais, j'ai laissé passer un jour.

C'est qu'il ne s'est rien passé de très intéressant depuis mardi soir. Mauvaise ambiance à la maison. Mes parents m'ont dit que, finalement, ils trouvaient les parents de Patrick un peu collants, et que ce serait bien que je sois capable de garder mes distances. Dès qu'ils sont partis (quand la vodka a été finie), ma mère a jeté la robe du potlatch à la poubelle en s'exclamant qu'elle n'avait jamais vu une horreur pareille, que le motif lui rappelait le papier peint chez ses grands-parents quand elle était petite, et ça n'avait pas l'air d'être un compliment.

Papa a passé un mauvais quart d'heure qui s'est prolongé jusqu'au milieu de la nuit, à en juger par les éclats de voix en provenance de leur chambre. Il m'a repris le billet de vingt euros, plus un autre, pour me punir. De quoi exactement ? Il n'a pas été très clair sur ce point.

Bref, une sale soirée suivie d'un sale mercredi. J'avais envie de retourner chez Patrick. Bizarrement, j'ai conservé un excellent souvenir de ces moments passés sur son lit, près d'Opaline. Allez savoir pourquoi. L'être humain est un mystère.

Mais tout ça n'est rien, absolument rien, à côté de la suite.

À côté d'aujourd'hui. Jeudi.

J'ai beau réfléchir, je n'arrive pas à comprendre exactement comment les événements se sont enchaînés jusqu'à la catastrophe. Non, le mot est bien trop faible. Je l'avais déjà employé avant pour des broutilles. Je ne me rendais pas compte. Le dictionnaire me propose « malheur », « désastre », « séisme ».

Je vous laisse choisir.

Ça commence ce matin, quand j'arrive dans la cour. Je passe sur la joie des potes, impatients de connaître leur épreuve. Je joue le jeu. Je demande à Gaspard de coller un poisson d'avril dans le dos de la maîtresse. Il me répond que nous sommes en février, et je lui explique que, justement, c'est ça, l'épreuve. Il le fait, se fait prendre, tente de s'expliquer, n'y arrive pas, doit copier cinquante fois: «Quitte à courir des risques inconsidérés pour perpétuer une tradition discutable, je prends au moins la précaution de consulter le calendrier.»

Il copie la phrase cinquante fois sans discuter et devient membre du club. Liesse générale. Jusque-là, tout va pour le mieux.

Mais ça se gâte à la récré quand Théo me prend à part et m'annonce qu'il a une idée pour l'épreuve de Patrick. Je me méfie, bien sûr. J'objecte que c'est moi qui décide, mais il insiste, m'embrouille et finit par me convaincre.

– Voilà. On va voir s'il est courageux.

Il ouvre son sac et en extirpe avec prudence

un masque atroce, de ceux qu'on enfile pour Halloween, une tête de cadavre hurlant. Je frissonne.

– On va le prévenir quand il s'y attendra le moins. *Quelque chose* va surgir et tenter de l'effrayer. Mais il ne devra pas bouger ni pousser le moindre cri. S'il sursaute, il a perdu. On va trop se marrer. Il sera sur le qui-vive toute la journée.

– Mais c'est trop facile. Il va se méfier. En plus, comment veux-tu mettre ce masque sans qu'il te voie ? On est tout le temps ensemble à l'école !

– Justement, ça ne va pas se passer à l'école. C'est ça, l'idée.

– Ah bon ? Tu veux faire ça où ?

– Tu te rappelles qu'il passe tous les soirs dans une pâtisserie pour acheter des tartelettes ?

– Oui, et ?

– À ce moment-là, il ne se méfiera pas. On le suit discrètement après la classe. Dès qu'il est dans la boutique, tu enfiles le masque et tu le cueilles à la sortie. Il va pousser le hurlement de sa vie.

– Moi ? C'est moi qui mets le masque ? Mais pourquoi ?

– Ben, c'est toi le chef, oui ou non ?

Je suis très contrarié. En fait, Théo n'a pas du tout renoncé à exclure Patrick. Bien au contraire. Il a mûri son plan tout le mercredi, et celui-ci est diabolique. Parce que, c'est sûr, Patrick va hurler. Et il ne pourra pas faire partie du club. Il va se retrouver encore plus isolé qu'avant.

D'abord, j'essaie de discuter, je dis que je ne suis pas d'accord, mais Théo est très habile. Il me révèle qu'il a déjà informé Patrick de ma part. Celui-ci se tient prêt, s'attend à sursauter à chaque instant. Je suis furieux.

Alors j'ai une idée.

Au début, je la crois excellente. Je fais semblant d'accepter. Mais je préviens Patrick discrètement pendant que nous sommes seuls aux toilettes. Je lui dévoile le plan. Lui recommande de se tenir prêt à la sortie de la pâtisserie. Et puis je me contenterai d'un petit cri, d'un « bouh ! » minuscule. Il restera immobile, et ensuite, il appartiendra au club.

– Ça m'embête, grogne Patrick. C'est de la triche.

– C'est Théo, le tricheur. Nous, on le combat avec ses propres armes.

Nous échangeons à voix basse dans le plus grand secret, d'un urinoir à l'autre.

– Tu as raison, finit par concéder Patrick. On va procéder comme tu dis. Ça me ferait trop de peine de ne pas être dans ton club.

– Et pas un mot à qui que ce soit. Si Théo apprend que je t'ai informé, on est fichus.

– Même pas à Opaline ?

Il m'énerve, avec Opaline. Je sais bien pourquoi il pose cette question. Il veut l'impressionner avec nos manigances.

– Non, non, surtout pas. Les filles ne savent pas tenir leur langue.

Il acquiesce à contrecœur, et la journée se passe. Je suis toujours persuadé que les dieux sont avec moi parce que, le jeudi, mes parents rentrent plus tard que d'habitude et je peux donc mener l'expédition à la pâtisserie sans craindre de complications de leur part. Tant mieux, car c'est tendu à la maison en ce moment, avec toutes ces histoires de potlatch.

Patrick joue la comédie devant Théo. Il fait semblant d'être sur le qui-vive. Et ce n'est pas évident d'avoir l'air naturel quand on fait semblant d'être sur le qui-vive. Opaline me demande deux ou trois fois si je trouve qu'il est dans son état normal, et je suis tenté de tout lui révéler pour l'impressionner, mais non. Je ne suis pas comme ça.

Après l'école, le plan se déroule comme prévu. Patrick et Opaline me disent au revoir et s'éloignent ensemble, le long du trottoir. Théo et moi entamons la filature. C'est assez facile, les rues sont peuplées, et nous progressons en nous cachant derrière des passants ou des voitures en stationnement.

Ils entrent dans la pâtisserie.

Théo me tend le masque. Je l'enfile. Ça sent le plastique moisi et la sueur. Tant pis, c'est pour la bonne cause. Dans quelques minutes, tout sera réglé.

Et, effectivement, au moment où Patrick ressort, j'ai le temps de penser que notre plan fonctionne parfaitement. Je me jette sur lui (pas trop violemment) et m'offre le luxe de crier un peu fort.

Il ne bouge pas d'un cil. Il reste absolument immobile. Ça a marché !

Je devine la fureur de Théo et souris sous le latex puant. Notre club compte un nouveau membre.

Hélas ! C'est à cet instant qu'ils s'abattent sur nous. Le malheur, le désastre, le séisme.

Opaline sort à son tour de la pâtisserie.

Dès qu'elle m'aperçoit, elle ouvre des yeux épouvantés, plaque les mains sur sa bouche et recule.

Je me précipite pour la rassurer.

– N'aie pas peur, Opaline ! C'est moi !

Mais mon mouvement ne fait qu'accroître sa panique. Elle recule encore, trébuche sur le bord du trottoir, bascule sur la chaussée et là, comme dans le pire des cauchemars, un klaxon retentit.

Une voiture la heurte, elle tombe, roule sur l'asphalte.

Patrick pousse un hurlement et lâche la boîte de tartelettes qui s'écrase sur le bitume.

Même jour, plus tard

Je patiente depuis trois mille heures dans la salle d'attente de l'hôpital, en compagnie de Patrick, de Théo, de leurs parents, des miens et de ceux d'Opaline.

Neuf personnes assises sur des chaises inconfortables, entourées de murs verdâtres et d'affiches sinistres qui parlent de maladies graves, de numéros d'urgence et d'enfants maltraités. À côté de l'odeur qui flotte ici, celle des bettes est un parfum de luxe.

Opaline est en train d'être examinée. Elle doit passer des radios. On a demandé à son père et à sa mère de bien vouloir patienter.

Tout est ma faute.

Enfin, non. Je ne le pense pas tout à fait. Le premier responsable, bien sûr, c'est Théo, mais j'en veux aussi à mon père pour son idée de club. J'ai envie que ma mère me prenne dans ses bras et me console, mais ce n'est pas à l'ordre du jour, oh non !

Pour la millionième fois, tous les parents se disputent. C'est étrange de voir des adultes se quereller. C'est terrifiant, en fait. On dirait nous, dans la cour de récré, mais en plus froids, plus lourds, plus polis, plus venimeux.

– Je ne comprends pas, répète soudain la mère d'Opaline.

C'est une petite dame, presque aussi jolie que sa fille. Je ne sais pas si j'ai déjà dit qu'Opaline est extrêmement jolie ? Comme une jeune musaraigne, un peu. Avec des yeux bleus. Sa mère a le même museau. Elle le fronce, là. Ses incisives apparaissent, et on voit tout de suite que, si elle le pouvait, si les circonstances s'y prêtaient, elle préférerait sourire et offrir aux gens une excellente mousse au chocolat de sa confection. Je ne sais pas pourquoi je songe à ça. Mon esprit fabrique de belles images pour lutter contre les murs verdâtres, je pense.

– Qu'est-ce que vous ne comprenez pas ? soupire le père de Théo.

Il soupire parce que cette conversation a déjà eu lieu un million de fois. Et la mère d'Opaline ne comprend toujours pas. Elle a raison de ne pas comprendre. Moi non plus, d'ailleurs, je n'arrive pas à saisir ce qui s'est exactement passé. Ça viendra peut-être plus tard, quand je relirai mon cahier, si j'ose.

– Je ne comprends pas comment un enfant peut avoir une idée aussi stupide.

Les responsabilités ont été plus ou moins établies. Tout le monde sait que c'est moi qui portais le masque, mais que c'est Théo qui en a eu l'idée. Mon père a avoué, quant à lui, qu'il avait eu l'idée du club, mais que jamais il n'aurait pensé… Patrick, lui aussi, a essayé d'avouer des trucs pour m'éviter des ennuis, mais, même en cherchant bien, on ne voit pas trop ce qu'on pourrait lui reprocher, à part de gaver sa mère de tartelettes au citron.

Tout le monde parle en même temps et répète sa version des faits. Le brouhaha gonfle et le désordre s'installe dans la petite pièce où d'autres personnes paraissent contrariées de ne pouvoir souffrir dans le calme.

Je pense à Opaline, à son visage tuméfié, à ses gémissements quand les pompiers l'ont hissée sur le brancard. Elle n'a pas perdu connaissance mais elle saignait beaucoup. Cette image affreuse me revient en permanence. Sa bouche ensanglantée, son front, ses yeux pochés, ses mains serrées sur sa poitrine, ses jambes recroquevillées. Elle avait tellement mal qu'elle ne parvenait pas à prononcer le moindre mot. Elle pleurait en silence, et même ses larmes semblaient douloureuses. Pourtant, la voiture ne roulait vraiment pas vite quand elle l'a renversée.

Les brancardiers semblaient étrangement calmes. Et la dame de l'accueil aussi. On aurait cru que, pour eux, tout était à peu près normal. J'espère donc qu'Opaline ne va pas mourir. À moins que, pour le personnel hospitalier, la mort ne fasse partie des choses normales.

– On n'a pas idée ! s'exclame le père d'Opaline.

Celui de Patrick m'adresse un petit clin d'œil navré. Sa femme porte toujours la jolie robe de maman.

Et puis, alors que je commençais à me dire

que le temps s'était arrêté pour toujours et que ma punition consisterait à passer l'éternité dans cette salle d'attente, à subir les altercations interminables des adultes en attendant d'être chassé de chez moi par mes parents, un jeune médecin fait son entrée et se dirige vers nous.

Tout le monde se tait aussitôt.

Silence de mort.

C'est comme ça qu'il faut dire. Et ça ne me plaît pas.

Les parents d'Opaline esquissent un mouvement pour se lever, mais renoncent. Le jeune médecin cligne des yeux derrière ses grandes lunettes.

Puis il se met à débiter, sans préambule.

– Deux côtes fêlées, ainsi que la jambe droite et trois incisives. Multiples hématomes. Mais, a priori, pas de trauma crânien. Nous la gardons cette nuit pour la surveiller. Quelqu'un peut rester avec elle.

Là, je ne sais pas ce qui me prend, je me lève d'un bond.

– Moi !

Mais, à en juger par les neuf regards qui se tournent vers moi (je compte aussi celui du médecin derrière ses lunettes), mon offre est parfaitement déplacée.

N'importe quoi.

Je me rassieds en rougissant, il n'y a pas grand-chose d'autre à faire dans ces cas-là.

– Elle a eu de la chance, ajoute le médecin.

La mère d'Opaline sursaute.

– De la chance ?

Le docteur semble considérer que, tout bien réfléchi, en effet, le mot « chance » n'est peut-être pas le plus adapté. Il rougit à son tour, puis s'éclipse.

La suite est extrêmement confuse dans mon esprit.

Je me rappelle juste que nous sommes rentrés à la maison avec mes parents, que nous avons traversé la ville noire et lugubre. Personne ne parlait dans la voiture. J'aurais tellement voulu à ce moment, je ne sais pas, qu'on se dispute, qu'on revienne en arrière, qu'on parle de la petite souris.

Mais ils ne m'ont pas adressé la parole. Pas un mot.

Je n'ai pas vraiment d'avis sur la façon dont il faut se comporter avec ses enfants, mais je pense que ce n'est pas une excellente idée de ne pas leur parler dans certaines circonstances.

Alors j'écris. Je m'épanche, tout seul dans mon lit.

Et je pense à Opaline.

Vendredi 12 février

On dit beaucoup de mal des vendredis 13. Je sais maintenant que, question malheur, les vendredis 12 ne sont pas mal non plus.

C'est sûr, maintenant, les dieux ne sont *plus du tout* avec moi. Je les comprends. Ils ont sûrement organisé une réunion de crise. Ordre du jour : moi.

Je les entends d'ici. Zeus, en bout de table : « Un peu de calme, mesdames et messieurs, s'il vous plaît ! » Et puis des discussions à n'en plus finir, des cris, des protestations indignées. « On ne peut pas continuer à soutenir un type dans son genre. Complètement irresponsable ! » « Quand même, ce n'est pas entièrement sa faute, si ? Il s'est laissé entraîner par Théo.» «Ne changez pas de sujet! Le problème, le vrai problème, le SEUL problème, c'est Thomas et son incomparable stupidité, sa lâcheté, ses plans pourris!»

J'imagine que la langue des dieux est un peu plus raffinée, mais, en gros, c'est l'idée.

Et puis ils ont décidé de me punir. Quelle sera la durée de ma peine? Aucune idée. Mais ma première journée en prison a été abominable. La prison, c'est moi, c'est l'école, c'est le regard de mes parents, c'est la chambre d'Opaline.

Le petit déjeuner, d'abord. Ma mère tente de commencer une phrase. Je vois bien qu'elle n'a pas dormi de la nuit. Mais les mots s'entremêlent, son regard se brouille et se voile, elle va se mettre à pleurer. Elle quitte la cuisine à toute vitesse. Mon père se racle la gorge, hésite et la suit. Je jette mes tartines et file à l'école.

Dans la cour, c'est presque pire. Tout le monde est au courant. Théo est arrivé tôt. Je ne sais pas ce qu'il a raconté, mais sa version des faits est clairement en ma défaveur. Les regards qui convergent vers moi me désignent comme une espèce de monstre. À ce que je crois comprendre, on me considère presque comme un assassin en puissance.

Je ne nie pas, ne dis rien, n'émets aucune protestation. Souffrir me fait du bien. J'ai l'impression de partager, un tout petit peu, la douleur d'Opaline. Quant à Théo, qu'il s'arrange comme il veut avec sa conscience. En ce qui me concerne, je ne veux plus entendre parler de lui.

Seul Patrick m'apporte spontanément son soutien. Dès qu'il m'aperçoit, il se précipite et me prend dans ses bras.

En toute autre circonstance, ce geste aurait suffi à ruiner définitivement ma réputation et m'aurait incité à entreprendre des démarches pour faire partie du premier voyage sans retour vers Mars. Mais le temps où je me souciais de ma réputation me paraît plus lointain que le big bang. Je réponds à l'étreinte fraternelle de

Patrick. Nos fronts se touchent, et nous mêlons nos larmes au bout de nos nez. Personne ne rigole.

– Tu as eu des nouvelles ? me demande-t-il.

Nous nous sommes réfugiés au parloir.

– Non, et toi ?

– Aucune. Mais ne te fais pas trop de bile. Elle va s'en sortir.

– Tu as entendu ce qu'a dit le docteur ? Elle est en mille morceaux.

Patrick grimace.

– C'est vrai que je me suis cassé une côte, une seule fois dans ma vie, en tombant de vélo.

– Et ?

Il ne répond pas mais grimace à nouveau. Je me rappelle les rares bobos qui ont, jusqu'ici, émaillé mes petites aventures. Mes brûlures, mes coupures, mes égratignures. Je me repasse, pour la millième fois, les paroles du docteur à l'hôpital : deux côtes fêlées, ainsi que la jambe droite et trois incisives. Multiples hématomes.

– Qu'est-ce que je dois faire, Patrick ?

Ma voix tremble. Je me rappelle le jour de son arrivée à l'école, la façon dont il m'a spontanément donné son adresse et son numéro de téléphone. C'est bizarre comme toutes ces pensées, ces souvenirs se télescopent sans fin, sans cesse. Des images, aussi, le sourire d'Opaline, sa silhouette à côté de celle de Patrick quand ils s'éloignaient le long du trottoir, Opaline face aux bettes. Et puis le masque ricanant que Théo m'a fait enfiler, Opaline perdant l'équilibre et tombant sur la chaussée. Alors d'autres visions m'envahissent, mon imagination les crée à partir des paroles du médecin. La mâchoire édentée de mon amie, ses os brisés. Je traverse un cauchemar. Mais comparé à ce qu'elle doit endurer, elle, ce cauchemar est une joyeuse plaisanterie.

– Ne te torture pas, dit Patrick qui semble deviner parfaitement ce que je ressens.

Mais il ne répond pas à ma question. C'est normal. C'est à moi de trouver les réponses, désormais.

Nous hissons péniblement nos cœurs gros

jusqu'à la salle de classe. Nous sommes en retard mais la maîtresse ne nous fait aucun reproche. Elle est formidable, la maîtresse. Au lieu de nous faire travailler, elle propose que nous parlions d'Opaline et que nous lui écrivions une lettre.

À un moment, Gaspard lève la main et prononce mon prénom. Elle l'interrompt tout de suite.

– Ce n'est pas un procès ! gronde-t-elle. Tout le monde commet des erreurs. Ce qu'il faut, maintenant, c'est soutenir Opaline.

Ces paroles me font autant de bien que de mal. Je fixe la chaise vide de mon amie. Je ne sais pas comment la journée se passe. Je sais juste que je ne parviens pas à écrire quoi que ce soit dans la lettre pour Opaline. Je me figure que, si elle y découvrait ma signature, elle la déchirerait aussitôt. Elle a raison, je ferais pareil à sa place.

Le soir, mon père vient me chercher à la sortie de l'école. À sa vue, mon cœur tressaille tellement fort que je crois le sentir se décrocher. C'est sûr, il vient m'annoncer qu'Opaline n'a pas survécu à ses blessures. Je suis devenu un meurtrier.

Mais il me pose la main sur la tête, comme quand j'étais en maternelle, attrape mon cartable et le jette sur son épaule gauche. Ces gestes me bouleversent. Je comprends que, lui aussi, il voudrait remonter le temps, raccommoder la vie.

– J'ai eu des nouvelles, m'annonce-t-il. Opaline est rentrée chez elle. Elle a mal, c'est sûr, mais on lui donne des médicaments pour l'aider. Il faut juste qu'elle se repose.

Je ne réponds pas, plongé dans mes pensées. Au bout d'un moment, je me rends compte que je lui donne la main, comme quand on était beaucoup plus jeunes, lui et moi. Mais je ne la retire pas. Sans lever les yeux vers lui, je parviens à articuler :

– Tu… tu crois qu'elle m'en veut ?

Il réfléchit un instant.

– Sûrement. Un peu. Mais tu vas te remuer, mon bonhomme. Et trouver le moyen de te racheter.

Je hoche la tête.

– Et maman ?

Je ne sais pas moi-même pourquoi j'ai posé cette question. Mais mon père a l'air de la trouver tout à fait naturelle.

– Maman est désolée pour Opaline. Et pour toi. Elle… elle a fait un gâteau.

Je me crispe malgré moi et serre plus fort la main de mon père. Ma mère ne cuisine que dans les très grandes occasions. Et c'est toujours une catastrophe. Ses gâteaux ressemblent à des espèces de pneus. Ils en ont la consistance et, j'imagine, le goût. Je ne sais pas pourquoi. Une sorcière a dû se pencher sur son berceau. On ne peut pas avoir toutes les qualités.

– Je t'arrête tout de suite, prévient mon père. On va le manger, ce gâteau, tu entends ? Jusqu'à la dernière miette. Sans protester.

J'opine avec conviction. Bien sûr qu'on va le manger.

Et là, tout à coup, je perçois une sorte de vibration brutale, de tremblement qui s'empare de tout mon corps. Des influx me traversent, me parcourent, des houles contradictoires, des courants, des boules roulent dans ma gorge.

C'est comme si j'éclatais. En sanglots. Et de rire. En même temps.

Mon père s'agenouille et me prend dans ses bras. Je vois la sangle de mon cartable glisser le long de son épaule.

Nous restons comme ça longtemps sur le trottoir, devant tout le monde, devant des gens qui me connaissent, c'est sûr. Ça m'est complètement indifférent.

Entre deux hoquets, je me dis que les dieux m'accordent peut-être une petite chance. C'est à moi de la saisir.

Et que je ne suis pas seul. Aujourd'hui, deux personnes m'ont pris dans leurs bras.

Courage, Opaline. Tiens bon. Demain, je vole à ton secours.

Samedi 13 février

Bon, en fait, ce n'est pas tout à fait aussi simple, de voler au secours des gens. Même hyper motivé.

Quand nous nous présentons au domicile d'Opaline, mes parents et moi, en début d'après-midi, j'ai tellement peur que mes boyaux font des nœuds et poussent des sortes de cris. Le gâteau de maman n'arrange rien, c'est vrai. On l'a mangé comme prévu, comme promis, papa et moi (maman n'a jamais très faim, surtout quand c'est elle qui cuisine), et la nuit a été pénible.

Le problème, lorsqu'on se sent coupable

(lorsqu'on *est* coupable), c'est qu'on n'ose pas se plaindre. Même les épanchements ne soulagent pas. Heureusement, nous arrivons de nouveau à nous parler, mes parents et moi. Je dirais même qu'on ne s'est jamais autant parlé. On a tout repris depuis le début (déjà, on a eu du mal à trouver le début, mais on s'est mis d'accord pour dire que c'était l'arrivée de Patrick) et on a essayé de comprendre ce qui s'était passé. Je suis allé chercher mon carnet, je leur en ai lu certains passages. Maman l'a trouvé très *éclairant* et elle a souri plusieurs fois.

– Je crois que je suis partiellement responsable, a reconnu papa. Je n'aurais jamais dû parler de ce club.

– C'est vrai, a renchéri ma mère. Ni te venger de moi en donnant ma robe aux parents de Patrick.

– Pardon, ma chérie, mais je trouve un peu mesquin de reparler de cette robe alors que la petite Opaline a frôlé la mort.

Là, ils ont recommencé à se disputer comme

au bon vieux temps. C'était bien. Puis nous nous sommes demandé ce que nous allions pouvoir offrir à Opaline pour essayer de lui remonter le moral. J'ai pensé à des chocolats, mais ce n'était sûrement pas une bonne idée à cause de ses dents cassées. Des fleurs, peut-être. Et puis j'ai eu une idée.

– Un livre ! Elle adore lire !

Mes parents ont tout de suite été d'accord. Maman voulait m'accompagner à la librairie, mais papa s'est levé, ravi.

– Inutile de faire une dépense inutile ! J'ai ce qu'il faut dans ma bibliothèque.

Il est monté dans son bureau et est revenu, muni d'un vieux volume moyenâgeux à la couverture jaunie.

– *Notre-Dame de Paris*, de Victor Hugo. Un grand classique. Une merveilleuse histoire. Elle va adorer. En plus, je l'ai en double.

Je n'étais pas vraiment convaincu, mais je n'avais pas la force de discuter.

Et là, nous attendons devant la porte de

la maison d'Opaline. C'est une jolie maison, un pavillon entouré d'un jardin clos avec une balançoire. Une pluie froide nous coule dans le cou, de grosses gouttes maculent le papier journal dans lequel mon père a emballé le livre (pourquoi aller acheter du papier cadeau moche ? Le papier journal, c'est original !), la chaîne de la balançoire grince, et il me semble apercevoir l'œil méfiant d'une voisine derrière son rideau. En fait, on se croirait dans un vieux film d'horreur. Mon ventre gronde.

La porte s'ouvre assez sèchement, et la mère d'Opaline apparaît. J'ai insisté en vain auprès de mes parents pour qu'ils téléphonent avant de venir, mais ils ont jugé préférable de débarquer comme ça, prétextant qu'en nous voyant elle ne pourrait faire autrement que de nous inviter à entrer. En découvrant son visage furieux et épuisé, je ne suis pas certain qu'ils aient eu raison. Eux non plus, d'ailleurs. Long moment de gêne silencieuse.

– Nous sommes venus… commence papa.

– Oui, je sais pourquoi vous êtes venus. Entrez.

Nous entrons. Un point pour mes parents.

Le père d'Opaline se tient dans l'entrée, en jogging. Il porte des mules de velours. Je le sais parce que j'ai les yeux fixés au sol. Impossible d'affronter le regard de ces gens. Mon ventre miaule.

– Comment va-t-elle ? ose maman.

Nouveau silence. Pire que le précédent.

– Suivez-moi, ordonne la mère.

Nous obéissons. Je continue à regarder les mules du père, qui claquent contre la plante de ses pieds nus, tandis qu'il marche aux côtés de sa femme. Je crois que je me sentirais beaucoup plus à l'aise parmi les types en scooter de la cité Jacques-Prévert.

– Tu as de la visite, ma chérie, entends-je.

Puis les parents font demi-tour.

– C'est Opaline qui a insisté pour que je vous ouvre la porte, au cas où vous viendriez, siffle la mère au passage.

Ils s'éloignent. Claquement de mules.

– Entrez ! tremblote une petite voix.

Les yeux toujours baissés, je franchis le seuil de la chambre. Le parquet est clair. Une odeur de médicament et de tisane flotte. Allez, Thomas, du courage. Je relève la tête, péniblement. Elle me paraît lourde comme un container.

Et je la vois.

Elle est allongée sur son lit, bien sûr, la tête enfoncée dans un vaste oreiller rose. Sa jambe plâtrée dépasse de la couette.

– Bonjour, messieurs dames ! Salut, Thomas !

C'est bien sa voix, flûtée, presque enjouée, mais je n'arrive pas à la reconnaître. Ses yeux ont presque disparu sous les paupières tuméfiées et bleuâtres. Des ecchymoses s'épanouissent sur son front et ses joues. On dirait un vieux boxeur après un combat perdu. Quand elle nous a salués, j'ai aperçu les trous noirs qui déparent sa mâchoire. Ses cheveux pendent, comme épuisés sur son front.

– Sexy, hein ? fait-elle observer.

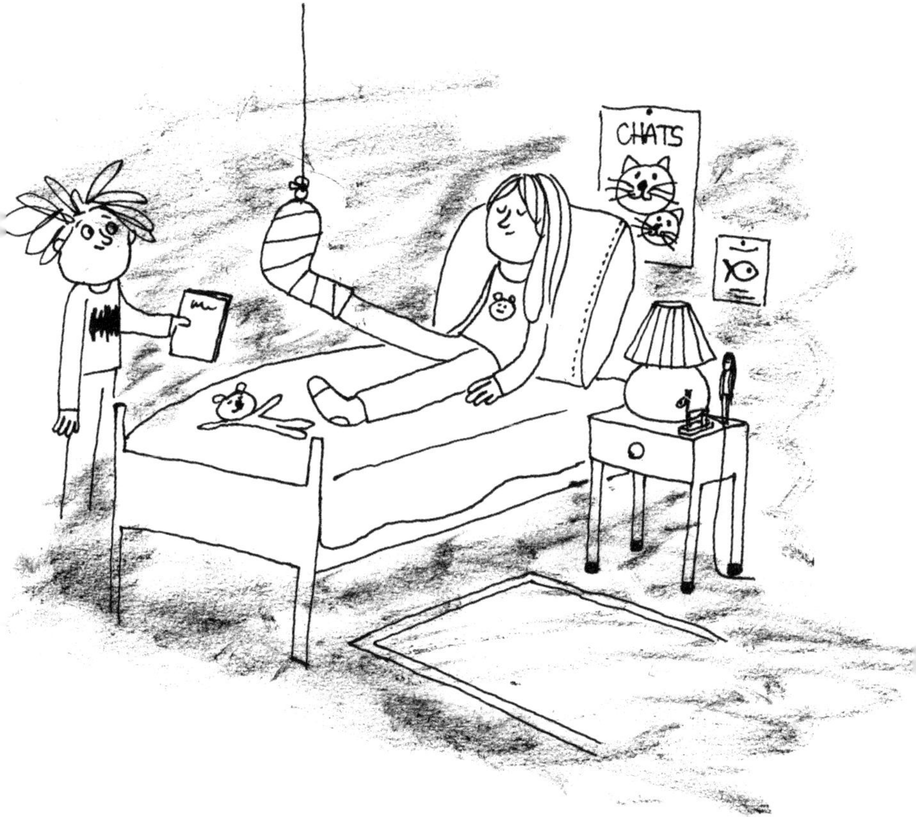

Puis elle grimace et se met à tousser.

– Ne me faites pas rire. Ça fait mal.

Mais, à ma connaissance, personnc n'a rien dit de drôle. Elle attend un peu que la douleur reflue, puis reprend la parole. On voit bien que chaque mot lui coûte.

– Je suis contente que vous soyez venus. Thomas, je voulais absolument que tu saches, enfin… Je ne t'en veux pas.

– Je… je suis vraiment désolé, je n'ai pas pensé une seconde que tu sortirais de la pâtisserie en même temps que Patrick et…

– Non, je parlais des bettes. Ce n'était pas si mauvais, finalement.

Je suis soufflé. Elle trouve le moyen de blaguer. Là, tout de suite, j'ai envie de me précipiter vers elle, de me mettre à genoux, d'implorer son pardon, d'embrasser son plâtre.

Je ne bouge pas.

– Nous t'avons apporté un livre, annonce mon père.

Le sourire d'Opaline me fend le cœur.

– C'est génial. Qu'est-ce que c'est ?

– Une merveilleuse histoire d'amour. Victor Hugo. Tiens, écoute un peu ça.

Puis, sans transition ni préambule, il ouvre l'ouvrage au hasard et se met à lire à haute voix :

Nous n'essaierons pas de donner au lecteur une idée de ce nez tétraèdre, de cette bouche en fer à cheval, de ce petit œil gauche obstrué d'un sourcil roux en broussaille tandis que l'œil droit disparaissait entièrement sous une énorme verrue, de ces dents désordonnées, ébréchées çà et là, comme les créneaux d'une forteresse, de cette lèvre calleuse sur laquelle une de ces dents empiétait comme la défense d'un éléphant, de ce menton fourchu, et surtout de la physionomie répandue sur tout cela, de ce mélange de malice, d'étonnement et de tristesse.

Il s'interrompt, très gêné.

– Heu, oui… C'est le portrait de Quasimodo, le sonneur de cloches de Notre-Dame. Il est, eh bien, un peu… Comment dire, désavantagé physiquement mais… extrêmement sympathique et courageux.

– C'est dingue, murmure Opaline. On dirait mon portrait.

– Bravo, Jean-Yves, grince maman. Excellent choix.

– Attendez, s'affole mon père en feuilletant le livre à toute vitesse. Il y a aussi une fille, une Gitane très belle.

– Non, sourit Opaline, laissez tomber. Ça me plaît beaucoup, cette histoire de défense d'éléphant. Je me sens moins seule.

– Et tu vas voir, ajoute mon père, enthousiaste, à la fin tout le monde meurt !

Ma mère le foudroie du regard et il se tait. C'est à mon tour de briser le silence.

– Opaline, je… je viendrai te voir tous les jours. Je vais noter les cours pour toi, je t'apporterai tes devoirs. Et puis les copains t'ont écrit une lettre. Je n'ai pas signé parce que…

– Tu sais ce qui me ferait plaisir ? m'interrompt-elle.

Non, je ne sais pas. Mais tout ce que tu voudras, Opaline. Tout ce que tu voudras.

– Que tu me fasses la lecture. J'ai du mal à déchiffrer, avec mes yeux au beurre noir. Et je m'ennuie quand je ne lis pas. On commencera par le livre de ton papa si tu veux bien.

J'examine l'ouvrage et constate qu'il doit faire à peu près un million de pages. Ce qui signifie des heures et des heures passées avec elle dans sa chambre.

Il va falloir que je rectifie certains des propos qui figurent au début de ce journal, je le crains.

En fait, j'aime. Non, J'ADORE la lecture.

Lundi 15 février

Je n'ai rien écrit, hier soir.

Trop épuisé.

J'ai passé mon dimanche chez Opaline, comme prévu. À lui lire l'histoire d'Esmeralda et de Quasimodo. Une belle Bohémienne qui danse hyper bien et un affreux bossu très sympa. Les personnages portent des noms incroyables, Clopin Trouillefou ou Phoebus de Châteaupers. Je ne comprends pas tout, j'avoue, parce que l'histoire est assez compliquée et, comme je l'ai déjà dit, j'ai tendance à m'évader quand les descriptions durent. Là, en plus, avec Opaline, on s'arrête souvent pour discuter. Par exemple,

Esmeralda a une petite chèvre, Djali, et elle lui apprend à faire des tas de tours. Opaline adorerait posséder une chèvre, mais elle pense qu'il faut laisser les animaux faire ce qu'ils veulent, et que les humains n'ont pas à les asservir. Je donne mon avis là-dessus (je n'en ai pas vraiment, du coup, j'improvise) et ensuite, je reprends la lecture jusqu'à ce qu'Opaline m'interrompe à nouveau.

De mon côté, je n'arrête pas de réfléchir au fait que le 14 février, c'était la Saint-Valentin (c'est-à-dire, chers futuriens, au cas où nos traditions se seraient perdues, la fête des amoureux). Pourquoi est-ce que j'y pense tout le temps en regardant Opaline ? Eh bien, je ne sais pas exactement. Je me dis que ça pourrait faire un sujet de conversation, éventuellement.

Au début, je n'étais pas très rassuré quand mes parents m'ont abandonné chez ceux d'Opaline. Son père portait les mêmes mules que la veille (rien de très étonnant, mais, je ne sais pas pourquoi, ces mules m'angoissent ; quand je les entends claquer dans les profondeurs de la maison, j'ai l'impression qu'il va surgir avec une tronçonneuse pour me punir de ce que sa fille a subi par ma faute), et sa mère me scrute sans arrêt de ses yeux fixes et furieux. Je ne suis pas vraiment le bienvenu dans cette demeure. On m'épargne parce que à l'évidence Opaline est heureuse de me voir.

De temps en temps je la fais rire, ce qui la fait pleurer. Elle me dit qu'avoir deux côtes fêlées, c'est un peu comme si deux épées vous transperçaient le torse, et j'ai du mal à imaginer une chose pareille même si, dans Dragons d'or, j'ai déjà transpercé pas mal de torses sans trop me poser de questions.

À midi, son père nous apporte des sandwichs. Ce sont les meilleurs sandwichs que j'aie jamais mangés. Je ne sais pas exactement à quoi ils sont. Un mélange de jambon, de mayonnaise, de fromage fondu, de beurre de cacahuète et de frites. Opaline dit que c'est quand même meilleur que les bettes, ça nous fait rire et elle tousse un gros bout de sandwich sur son drap. Je le ramasse stoïquement. C'est bizarre, je suis plutôt dégoûté d'habitude, mais là, non.

Encore plus bizarre, je trouve Opaline de plus en plus jolie. C'est elle que j'imagine quand Victor Hugo décrit Esmeralda :

Elle n'était pas grande, mais elle le semblait, tant sa fine taille s'élançait hardiment. Elle était brune, mais on devinait que le jour sa peau devait avoir ce beau reflet doré des Andalouses et des Romaines. Son petit pied aussi était andalou, car il était tout ensemble à l'étroit et à l'aise dans sa gracieuse chaussure.

Bon, en ce moment, c'est vrai, elle a du mal à s'élancer hardiment, elle gît façon phoque, sa peau est semée de larges bleus, et, à cause du plâtre, elle n'est pas près de remettre de gracieuses chaussures. Mais, malgré ses gros yeux violets et ses lèvres craquelées, elle a vraiment le charme, comme dit Victor Hugo, d'une « surnaturelle créature ».

(Ce serait bien que je pique quelques expressions à Victor Hugo pour les glisser discrètement dans mon journal. Il s'en sort plutôt bien avec les mots.)

– Tu es amoureux, c'est évident, affirme Patrick, le lendemain, quand je lui raconte tout ça.

C'est là qu'on voit que Patrick a beau être très gentil, il ne comprend pas grand-chose à ce qui se passe. Enfin. Je ne le contredis pas, il y a des questions plus urgentes et plus importantes. Je ne lui dis pas non plus qu'Opaline lui passe le bonjour et demande qu'il vienne chez elle, lui aussi, pour lui faire la lecture. À mon avis, c'est une mauvaise idée. Si on veut qu'elle guérisse rapidement, il ne faut pas la fatiguer en multipliant les visiteurs.

– Et donc, tu lui lis du Victor Hugo ? me demande-t-il.

– Oui. Elle en raffole. Ça lui fait du bien.

Je dis ça en plissant le front, avec un air de spécialiste. Il ne me contredit pas.

L'ambiance est toujours pesante à l'école. Les gens ont fini par apprendre (je ne sais pas exactement comment) que l'idée du masque venait de Théo, et je vois bien que ses amis se détournent de lui. Il a passé la dernière récré tout seul. Mes sentiments sont partagés à son égard. Je lui en veux toujours énormément et en même temps je suis triste qu'il prétende ne pas redouter la solitude. Encore quelques jours, et j'irai lui parler pour faire la paix.

Après la classe, je me rends tout seul chez Opaline. Il a fallu que j'insiste beaucoup, mais j'ai obtenu l'autorisation de mes parents. Je trouve ça moins tarte d'arriver seul chez elle, muni de *Notre-Dame de Paris*. Je lui apporte aussi les leçons du jour, les devoirs et les derniers ragots.

Ses parents semblent s'être radoucis. Ils m'accueillent presque poliment. J'ai l'impression d'être une espèce de sauveur. Mais, à ma grande consternation, à peine ai-je franchi le seuil de sa chambre en claironnant joyeusement : « C'est moi ! » qu'elle éclate en sanglots.

– Ferme la porte, hoquette-t-elle, je ne veux pas qu'ils m'entendent.

J'obéis et me dirige à pas prudents vers le lit. Il règne dans la pièce une atmosphère lourde et confinée.

– Qu'est-ce qui se passe, Opaline ? Quelque chose ne va pas ?

Elle cesse un instant de pleurer pour me foudroyer du regard.

– À ton avis ?

C'est vrai. Je ne suis pas le champion des questions intelligentes.

Puis elle m'explique qu'elle n'en peut déjà plus de cette chambre, de ce lit, qu'elle s'est vue dans un miroir et qu'elle est encore plus moche qu'elle ne le pensait, qu'il faudra des semaines ou des mois avant que le dentiste ne répare ses dents, qu'il est hors de question qu'elle retourne à l'école avec sa gueule de Quasimodo, qu'elle a tout le temps mal, et que ça la gratte sous son plâtre.

Comme je trouve qu'elle a entièrement raison d'être désespérée, j'ai du mal à trouver quelque chose à répondre.

– Pourquoi Patrick n'est pas venu ? demande-t-elle soudain.

– Je… Il s'excuse. Il ne pouvait pas, il…

– Peu importe. Tout le monde me laisse tomber, c'est très bien comme ça.

Là, je suis un peu vexé, mais je n'en montre rien. Et je lui propose de reprendre la lecture.

– Non, boude-t-elle. Ça me saoule.

Ah ! Si même Victor Hugo la saoule, c'est qu'elle va vraiment mal. Dans la demi-heure qui suit, je lui propose un milliard d'activités, une partie de cartes, d'échecs, de Scrabble, de jeux vidéo, mais rien ne la tente, elle secoue la tête, regarde par la fenêtre et se remet à pleurer.

Et moi, je me tais. Finalement, j'aurais peut-être mieux fait de demander à mon père de venir. Il aurait trouvé quelque chose à dire.

Du temps et des larmes s'écoulent ainsi dans un silence déprimant. Puis elle se mouche et murmure :

– Excuse-moi.

Je fais un pas timide et m'assois sur le bord du lit. Je vois sa main sur le drap et là, sans y penser, allez savoir ce qui me passe par la tête, je l'attrape et la serre.

– T'inquiète pas, dis-je. C'est normal. Ta situation est atroce. Tu dois avoir très peur de rester défigurée à vie ou de ne plus pouvoir marcher.

– Heu… Je n'y avais pas vraiment pensé, mais…

– Quoi qu'il arrive, déclaré-je, je serai toujours là pour toi. Je pousserai ton fauteuil roulant s'il le faut.

– Tu… C'est génial. Merci.

– Non, c'est normal. Je suis responsable. J'assume. C'est tout.

– C'est tout ?

Elle me scrute tout à coup. Ses yeux brillent.

Elle va se remettre à pleurer.

– Ben, heu, oui, c'est tout. Tu... tu veux autre chose ? Que je demande à ton père de nous faire un sandwich ?

Elle soupire.

– Non, c'est que... je croyais que tu éprouvais... quelque chose pour moi. Quand je rentrais avec Patrick, j'avais l'impression que tu étais un peu jaloux.

– Moi ? Alors ça, c'est la meilleure !

J'essaie de ricaner mais je ne parviens à produire qu'un croassement rauque.

– Je te comprends, dit-elle. On ne peut pas être amoureux d'une fille à tête de mérou.

(Je ne savais pas exactement ce qu'était un mérou, mais j'ai regardé en rentrant à la maison, et, c'est vrai, il y a un peu de ça. Il s'agit d'un poisson très laid, renfrogné et assez difforme. Mais Opaline ne restera pas longtemps transformée en mérou, j'en suis sûr. Peu à peu, elle va dégonfler et devenir, je ne sais pas, une adorable truite.)

Ensuite, elle finit par accepter que je lui lise quelques pages. Moi, j'aimerais bien qu'on reparle de cette histoire de jalousie et de sentiments pour elle parce que à bien y réfléchir il y a peut-être, là-dedans, deux ou trois choses qui ne sont pas totalement idiotes, mais chaque fois que j'essaie, elle me dit de laisser tomber. Quand il est vraiment l'heure que je reparte, elle pleure à nouveau et me révèle qu'elle a très peur de la nuit qui commence et de la journée du lendemain. Elle va s'ennuyer horriblement sans moi, c'est sûr.

Et je ne l'avoue qu'à vous, chers lecteurs du futur, mais ça me fait un tout petit peu plaisir.

Mardi 16 février

Patrick et moi, nous nous réunissons dans le parloir, à chaque récréation, pour faire ce que nous appelons un « bilan Opaline ». Cette fois, ce que je lui raconte l'inquiète au plus haut point.

– Elle a pleuré, tu dis ?

– Oui. Elle a mal, elle s'inquiète, c'est normal.

– Tu es sûr qu'elle ne veut pas que je lui rende visite ?

– Oui, sûr. Elle ne souhaite voir que moi.

Là, à ma grande surprise, Patrick esquisse un sourire.

– Tu trouves ça drôle ?

– Non, c'est juste que… ça confirme mes soupçons.

– Tes soupçons ? À quel propos ?

– Écoute, ne le prends pas mal, mais je pense qu'elle a un petit faible pour moi. Elle ne veut pas que je la voie défigurée. Toi, ça n'a pas d'importance. Tu es juste un copain. Tu comprends ?

Je hausse les épaules et secoue la tête en même temps (ce qui n'est pas évident) pour manifester la pitié que m'inspire Patrick. Pauvre garçon. Comment peut-on se tromper à ce point ? La preuve, c'est qu'Opaline a réclamé plusieurs fois sa présence. Mais je ne peux plus le lui avouer. Je détourne la conversation.

– Si on se concentrait sur les points importants ? On n'a pas beaucoup de temps, je te rappelle. Ça va bientôt sonner. Il nous reste trois minutes de réunion.

– D'accord. C'est quoi, d'après toi, les points importants ?

– Qu'elle est seule la journée et la nuit

entières. Je ne peux quand même pas passer tout mon temps avec elle.

Quoique. En y réfléchissant. Dans une situation d'urgence comme celle-ci, on peut peut-être obtenir des autorisations exceptionnelles ?

– J'ai une idée ! s'illumine Patrick.

Et il reste comme ça, tout sourire, un doigt sur le front, attendant que je le supplie de me communiquer son illumination. Je déteste quand les gens font ça. Je me garde bien de l'implorer, j'attends, en tâchant d'adopter une attitude indifférente et préoccupée. (Pour y parvenir, il faut fixer le lointain en fronçant légèrement les sourcils, yeux mi-clos et mains dans les poches, je le fais quand ma mère me demande si j'ai rangé ma chambre.)

Et ça marche. Il finit par parler.

– On va lui offrir un ragdoll.

– Un quoi ?

– Tu ne te rappelles pas ? Le chat tout mou ? Elle a dit que c'était son rêve. Si elle avait un ragdoll, elle se sentirait beaucoup moins seule.

– Bien sûr que je me rappelle. Mais je n'ai pas oublié non plus qu'il coûtait mille euros.

Nous nous taisons. Dans ce silence partagé, la sonnerie retentit.

– Écoute, dis-je, ce n'est pas une mauvaise idée. Il faut que j'y réfléchisse. Mais, quoi qu'il en soit, si quelqu'un doit lui offrir ce ragdoll, c'est moi.

– Pourquoi ? Parce que je n'ai pas les moyens, c'est ça ?

Pour la première fois, j'ai l'impression que Patrick va se mettre en colère. Sa voix tremble. J'essaie de trouver une réponse avant que nous rejoignions les autres.

– P... pas du tout, mais, tu l'as dit toi-même, c'est moi, le meilleur ami d'Opaline, c'est à moi de...

Il balaie mes mots d'un geste et se remet à sourire. (J'ai l'impression que Patrick aurait du mal à être en colère très longtemps.)

– Tu sais quoi ? On va le réunir, cet argent. Toi et moi. On va trouver un moyen.

– Quel argent ? demande quelqu'un dans notre dos.

Zut. Théo. On a parlé trop fort.

Je m'apprête à forger une histoire, mais, à ma profonde stupéfaction, Patrick vend aussitôt la mèche. Il explique tout !

Je suis consterné.

Le visage de Théo s'éclaire.

– Super idée, les gars ! J'en suis ! J'ai un peu de sous de côté.

Il rayonne, et, je ne sais pas bien pourquoi, ça m'énerve.

– Attends une seconde, Théo. On n'a pas dit oui.

– Hein ? Mais pourquoi ?

– Tu espères te racheter avec de l'argent ?

La question lui paraît un peu compliquée. Visiblement, c'est bien ce qu'il espérait, en effet. J'enfonce le clou.

– Tu t'es comporté comme un abruti, avec cette histoire de masque.

– Ah oui ? Et toi ? Tu étais obligé de l'enfiler ? Je t'ai menacé avec une arme pour que tu le fasses, peut-être ?

Il n'a pas tout à fait tort. On se dispute encore un moment, puis on boude. Patrick essaie plusieurs fois de nous réconcilier, mais rien n'y fait. À la fin de la journée, je me dis que j'aurais dû accepter l'offre de Théo. Hélas, c'est trop tard. Hors de question de lui présenter mes excuses.

On va se débrouiller tout seuls, Patrick et moi. Puisqu'il tient absolument à participer.

Après tout, mille euros, ce n'est pas le bout du monde.

Je me rends à nouveau chez Opaline en bus, et je parviens à grand-peine à ne pas vendre la mèche. Je laisse juste entendre qu'il n'est pas tout à fait impossible que quelque chose se prépare. Quelque chose d'absolument merveilleux qui va illuminer son existence, mais chut, chut, il est trop tôt pour en parler, hé ! hé !

Je fais des petites mines, des petites moues, des demi-sourires, des clins d'œil.

Ça marche assez bien. Opaline oublie complètement ses douleurs. Elle grille de curiosité, me supplie, me menace, rit, se fait mal aux côtes. Mais je suis intraitable. Je lui explique d'abord toutes les leçons du jour (elle comprend en trente secondes, même des problèmes compliqués avec des divisions), lui fais apprendre sa poésie, puis nous lisons quelques pages de Victor Hugo. C'est un super moment. Quand je repars, il me semble que la bise qu'elle m'offre ne passe pas très loin de mes lèvres, mais c'est peut-être qu'elle a du mal à viser, avec ses yeux pochés. Ses parents me parlent gentiment, et je promets de revenir le lendemain.

Sur le trottoir, en rentrant, je chantonne et sifflote en doublant une vieille dame qui me regarde en souriant.

– Ça fait plaisir de voir des jeunes joyeux, me confie-t-elle.

Des jeunes. Mais oui, elle a raison ! Je suis un jeune, maintenant. J'imagine le collège. Je me vois emmener Opaline en soirée, sur mon scooter, pour danser avec d'autres jeunes sur de la musique de jeunes en discutant de trucs de jeunes. D'ici là, c'est sûr, tout ira mieux avec Théo, et le père de Patrick aura retrouvé du travail, et…

Ce n'est qu'en arrivant à la maison que la réalité me retombe dessus.

Mille euros.

C'est complètement fou. Comment ai-je pu imaginer un seul instant que je parviendrais à réunir une somme pareille ? Même avec l'aide

de Patrick ? Et pourquoi, pourquoi, grands dieux, ai-je envoyé balader Théo ?

Je rumine d'autres questions. Pourquoi un ragdoll, après tout ? N'est-ce pas un gros caprice ? Il y a tellement de chats abandonnés qui ne demandent qu'à être adoptés gratuitement par Opaline.

Mais je m'ébroue. Non. C'est un ragdoll qu'elle veut. Elle aura un ragdoll. Et c'est MOI qui le lui offrirai. Moi seul. Enfin, bon, moi et Patrick.

Je vais réaliser le rêve d'Opaline.

Je tourne la poignée. J'entre en bombant le torse.

– Ça va ? s'inquiète mon père. Tu fais une drôle de tête.

J'hésite. Une demi-seconde. Faut-il lui exposer la situation ? Je décide que oui. De toute façon, il finira par le savoir. Et je vais avoir besoin de son aide.

Alors je m'assieds à la table de la cuisine, et il prend place en face de moi. Nous nous installons toujours ainsi lorsque nous devons prendre de graves décisions. Choisir le cadeau d'anniversaire de maman, par exemple.

Il m'écoute attentivement, en pétrissant son menton, tête inclinée, œil gauche plissé. Quand il me fixe comme ça, j'ai un peu l'impression d'être un insecte entre les lames d'un microscope. Mais ça signifie qu'il est très attentif. (Quand il ne l'est pas, il consulte son téléphone portable et répond systématiquement « Mmmh » ou « D'accord, d'accord », même si je lui annonce que je me suis injecté de la drogue pour tester l'effet ou que je désire traverser l'Atlantique à la rame.)

Il m'écoute, donc. Peut-être parce qu'il est touché par l'histoire d'Opaline. Ou parce qu'il est question d'argent. Je pense que c'est plutôt la seconde option parce que, lorsque j'ai terminé, il lâche son menton et répète plusieurs fois :

– Mille euros…

Il se lève, ouvre le frigo, le referme sans y

avoir rien pris (signe qu'il réfléchit), revient s'asseoir à la table et conclut :

– Mille euros.

– Oui, dis-je, mille euros.

– C'est énorme.

– Énorme, oui.

– Il n'y a pas moyen d'en trouver un d'occasion, un grodal ?

– Ragdoll. Non. Je veux lui offrir un chaton neuf.

– Mille euros.

– Oui.

– C'est énorme.

Il retourne au frigo, revient avec un bocal de cornichons qu'il pose devant lui et qu'il contemple en le caressant doucement.

– Tu dis que Patrick est prêt à t'aider ?

– Oui, mais…

– Mais il n'a pas d'argent.

– Voilà. Et toi ? Tu as combien ?

– Très peu.

Il se lève, range les cornichons, se rassied.

Et là, l'incroyable se produit. Que dis-je? L'extraordinaire. L'invraisemblable. L'inimaginable. L'effarant. J'ai ouvert le dictionnaire, je pourrais continuer longtemps. Il me regarde droit dans les yeux et déclare:

– OK. Je suis prêt à t'aider. Demain, on va l'acheter, ce matou. Toi et moi. Nous serons mercredi. Ça tombe bien. Elle va guérir vite, ton amoureuse, crois-moi.

– Tu veux dire que… Les mille euros…

– Je te *les avance.*

Là, je flaire le piège. Et j'ai raison.

– Je me suis livré à un calcul sommaire: on ne te verse plus d'argent de poche, tu me restitues toutes tes économies, je récupère les sommes que tes grands-parents t'allouent pour Noël et ton anniversaire, tu mets le couvert, tu débarrasses, tu fais le ménage, tu ranges les courses tous les jours…

Il compte sur ses doigts.

– En deux ans, tu peux me rembourser.

Il réfléchit et ajoute:

– À condition, bien sûr, que tu ranges la cave. Intégralement. Et le garage. Il y a pas mal de choses qui traînent dans le garage. C'est fou.

Je voudrais répondre, mais j'ai la sensation qu'une substance molle et collante s'est répandue dans mon crâne et me bloque les mâchoires. Deux ans. Deux ans à mettre le couvert et à ranger la cave. Dans deux ans, je serai déjà jeune depuis longtemps. Et sans le sou. Les nouvelles versions de Dragons d'or se seront succédé sans que j'y joue. Tout ça pour un gros sac de poils flasque. Au fond, je ferais peut-être mieux de lui offrir des fleurs, à Opaline. C'est tout de même plus romantique.

Non.

Je ne dois pas renoncer. Ma chance est là, je la saisis. Je vais accepter la proposition de mon père. On verra pour la suite. Je trouverai peut-être une solution.

– D'accord, dis-je. On fait comme ça.

– Tope là ! se réjouit mon père en me tendant sa paume.

Nous topons.

– En plus, les vacances de février commencent à la fin de la semaine. Tu vas pouvoir te mettre très vite au rangement de la cave. C'est chouette.

Il sort son téléphone portable et le consulte en chantonnant.

– Et, au fait, papa…

– Mmmmh ?

– Opaline n'est *pas* mon amoureuse.

– D'accord, d'accord.

Mercredi 17 février

Il arrive que, dans la vie, tout se déroule presque comme prévu.

Aujourd'hui, c'est le cas.

Ce matin, le temps a passé très rapidement, à l'école. J'ai résumé à Patrick la conversation avec mon père. Il a bondi de joie et m'a promis qu'il viendrait chez moi dès le premier jour des vacances (samedi prochain, donc) pour m'aider à ranger la cave. (Je lui ai assuré que ce me serait beaucoup plus utile qu'une somme d'argent.) Cette fois-ci, c'est sûr, Patrick est un pote. Un pote héroïque. Je ne dois pas me réjouir trop vite, il n'a pas encore vu la cave.

Je lui ai proposé d'aller acheter le ragdoll. Mon père a pris son après-midi exprès. Ma mère a approuvé son montage financier. J'ai eu beau essayer de la persuader de plaider ma cause, d'obtenir au moins que je ne mette le couvert qu'un jour sur deux, elle a trouvé l'idée de papa tout à fait excellente. Elle a ajouté que ça me ferait peut-être réfléchir, une autre fois, avant de faire une bêtise (c'est sûr, la prochaine bêtise, je ne la commettrai qu'après avoir longuement réfléchi). Elle a regretté de ne pouvoir nous accompagner chez l'éleveur, puis a déclaré que c'était aussi bien comme ça. On allait se débrouiller entre hommes.

– Oui, a confirmé papa, c'est mieux. Tu es tellement gaga devant les chats que tu risques de te ridiculiser.

Et donc, voilà, maintenant, grâce au présent de narration, nous nous retrouvons, papa, Patrick et moi, dans le salon d'une dame très parfumée qui nous présente trois chatons endormis sur son canapé. Je suis rassuré, je m'attendais à découvrir des enfilades de cages et à subir les miaulements déchirants des petits prisonniers. Apparemment non, les mini ragdolls sont traités comme des princes.

– Ils sont propres, nous informe-t-elle avec fierté. Autonomes. Prêts à affronter la vie.

Des jeunes, en somme.

– Non, mais regardez-moi ça ! s'exclame papa qui s'agenouille devant les bestioles. Regardez-moi ces petits pépères qui font dodo !

Patrick, la dame et moi, nous le regardons, un peu gênés. Il faut dire que maintenant il chatouille la truffe d'un des chatons et roucoule :

– C'est qui, le petit pépère à sa mémère, tout petit, tout poilu ?

Le chaton aussi semble embarrassé. Les deux autres se réveillent, bâillent. Quelqu'un, que je suppose être leur mère, saute sur le canapé et les lèche.

Je ne sais pas, chers futuriens, si vous appréciez toujours les chats, s'ils existent encore ou si vous les consommez au petit déjeuner, mais chez nous, à notre époque, je veux dire, on en est fous. Et les jeunes ragdolls sont particulièrement irrésistibles. On dirait des chats top-modèles, de ceux qui cartonnent sur Internet. Ils possèdent deux grands yeux de chats tout innocents et limpides, un museau rose, de longs poils doux au regard, quatre papattes et une queuequeue. Ils poussent parfois de minuscules miaulements interrogatifs pour demander quand est-ce qu'on joue.

Sûr et certain, si Opaline voit ça, ses côtes se réparent toutes seules.

– Je… heu… manipulez-les avec précautions, monsieur, s'il vous plaît. Ils sont fragiles ! s'alarme la dame.

Il est vrai que papa s'est emparé des petits et les pétrit comme des boules antistress, en chantant, avec un regard un peu inquiétant :

– Trois p'tits chats, trois p'tits chats, trois p'tits chats, chats, chats.

Il y en a quand même pour trois mille euros.

– Bon, les enfants. Lequel on choisit ?

Je passe sur les discussions qui suivent. Elles sont longues. Il y a un mâle et deux femelles. Nous bombardons la dame de questions. Nous nous rappelons, Patrick et moi, qu'Opaline est féministe, mais nous n'arrivons pas à décider si ça doit jouer un rôle dans notre décision et si oui, lequel. Ne serait-il pas préférable de lui demander son avis ? De prendre les ragdolls en photo pour les lui montrer afin qu'elle choisisse elle-même ? Papa est plutôt pour. Patrick n'a pas d'avis. Je suis contre. C'est MOI qui vais trimer pendant des années, c'est moi qui choisis.

J'élimine le mâle. Je ne sais pas pourquoi, l'idée qu'elle passe son temps à caresser et à embrasser un garçon me déplaît.

L'une des filles, donc. Mais laquelle ? Elles sont assises toutes les deux sur le même coussin et m'observent en inclinant la tête, chacune d'un côté. Papa les dévore des yeux, avec un sourire idiot.

En les examinant de plus près, je constate

que l'une d'elles présente, sur le menton, une touffe de poils un peu plus longue. Comme une barbiche. Ça lui donne un air original. Elle ressemble un peu à…

Une chèvre.

Une chèvre comme celle d'Esmeralda, la Bohémienne de Victor Hugo. C'est un signe.

Je la montre du doigt.

– Celle-ci.

Après, on passe encore un quart d'heure à discuter, papa me demande si je suis bien sûr, la dame aussi, et pourquoi pas le garçon ? Il est craquant, et l'autre fille ? Elle a l'air toute triste.

Mais je n'en démords pas. Ce sera la petite barbichue. Comment s'appelle la chevrette, déjà, dans le roman ? Ça me revient tout de suite : Djali.

Je la prends dans mes bras et je lui murmure à l'oreille :

– Djali, Djali, Djali…

C'est bon, elle ronronne.

On l'embarque.

Enfin, pas tout de suite, parce qu'il faut d'abord que papa signe le chèque de mille euros. Tandis qu'il prend place, solennellement, à la table du salon de la dame, je serre Djali dans mes bras. J'avais beau être prévenu, l'effet est très surprenant : elle est effectivement molle comme une espèce de doudou pour bébé. Ses petites pattes reposent sur mon avant-bras, sa queue pend. Je perçois tout de même un léger tremblement. Elle n'est pas rassurée. Ne t'affole pas, Djali, ta vie va devenir incroyable.

– Je peux l'avoir un peu ? me chuchote Patrick.

– Non, non. Elle a peur. Si elle passe de main en main, elle risque de paniquer.

Et puis on ne sait jamais. Si Djali se met à adorer Patrick, Opaline se sentira obligée de l'inviter tout le temps, et je ne veux pas la mettre dans une situation embarrassante.

Ça y est. Le chèque est signé. Papa a tout fait pour retarder le moment, son stylo fonctionnait mal, la dame lui en a fourni un autre, ensuite, il a demandé si c'était bien neuf cents euros, non monsieur, mille tout rond, ensuite, il a déchiré le chèque en le détachant du carnet, oups, ensuite, il a fait tomber le stylo de la dame sous la table, et puis finalement il a signé en secouant la tête, avec une moue triste et incrédule.

La dame nous fournit quelques documents concernant Djali, des attestations de vaccination, une liste d'instructions concernant sa nourriture et les soins qu'il faut lui apporter. On ne s'attarde pas. Le regard de la maman chatte me désespère. Dans la voiture, Djali miaule tout le temps, on dirait la sonnerie d'un portable que personne ne décroche.

Ce n'est que lorsque nous nous garons devant chez Opaline que je prends conscience que nous n'avons à aucun moment demandé leur avis à ses parents.

Une angoisse brutale s'empare de moi. Et s'ils ne voulaient pas de Djali ? L'homme aux mules paraît mal disposé à l'égard des petits êtres mous et sans défense (il ne m'aime pas trop, par exemple). Tant pis. Au pire, j'adopte Djali, et Opaline passera son temps chez moi.

Nous sonnons. La porte s'ouvre. Djali, dans mes bras, miaule.

– Qu'est-ce que c'est que ça? demande la mère d'Opaline, stupéfaite.

Allez, Thomas, ce n'est pas le moment de flancher. Le mieux est de lui répondre avec calme, politesse et fermeté pour lui faire comprendre que la situation n'a rien d'extraordinaire. J'inspire profondément, improvise un sourire de gendre idéal et, d'une voix aussi assurée que possible, je déclare:

– C'est une chèvre.

Le père d'Opaline a rejoint son épouse sur le seuil. Ils se regardent. Ils me regardent. Djali les regarde. Je rougis comme un ciel au crépuscule. Une chèvre! Je suis fichu. Mon cerveau a disjoncté au pire moment. Ils vont croire que, non content d'avoir défiguré leur fille, je souhaite encore me payer leur tête. J'ouvre la bouche pour rattraper ma bourde, résumer rapidement l'intrigue de *Notre-Dame de Paris* quand un événement extraordinaire se produit.

Le père d'Opaline éclate de rire.

– Une chèvre ! répète-t-il.

Puis il s'approche, me pince la joue très fort et m'ébouriffe les cheveux.

– Tu es un rigolo, toi. Je te trouvais un peu coincé, mais finalement tu me plais.

Et là, sans transition, deuxième événement extraordinaire.

Opaline apparaît dans le vestibule, derrière ses parents.

Elle s'appuie péniblement sur des béquilles et progresse avec peine, mais elle est debout !

Un silence épais s'installe tout à coup. On n'entend plus que le léger claquement des béquilles sur le carrelage. Elle avance. Un pas, un deuxième. Ses yeux au beurre noir sont devenus jaunes. Ils lui donnent un air fatigué. Un pas de plus.

Elle découvre Djali.

Pour raconter la suite, il faudrait être

Victor Hugo. Je regrette, c'est au-delà de mes capacités.

Je dirai juste qu'on a tous eu très peur quand elle a lâché ses béquilles pour courir vers moi et s'emparer de la petite bête.

Avant qu'elle ne tombe, j'ai eu le temps de la serrer dans mes bras. On est restés là, tous les trois, silencieux, en équilibre instable. Je sentais palpiter le cœur d'Opaline. Ou celui de Djali. Puis quelque chose de tiède a coulé dans mon cou. Des larmes.

– Merci, a-t-elle murmuré, au creux de mon oreille. Merci, merci, merci.

J'ajouterai que ce n'était pas le pire moment de mon existence.

Samedi 20 février

Non, le pire moment, c'est maintenant.

Les vacances commencent, et je m'apprête à attaquer le rangement de la cave.

Si je n'ai rien écrit pendant deux jours, c'est que je n'ai pas eu le temps. Tout de suite après l'école, j'ai foncé (en fait, *on* a foncé, Patrick et moi) chez Opaline (je n'ai pas eu le cœur de lui interdire de m'accompagner, surtout qu'Opaline a énormément insisté pour qu'il vienne, lui aussi, ce qui prouve que tout ce qu'il a imaginé concernant le fait qu'elle était secrètement amoureuse de lui était un pur délire, je referme la parenthèse).

Nous voulions absolument savoir comment

se passait l'acclimatation de Djali à sa nouvelle vie.

À vrai dire, elle se passait parfaitement bien.

Djali a fait tout ce que doit faire un chaton modèle quand il commence à se sentir en confiance.

Elle a escaladé les rideaux de la chambre d'Opaline et est parvenue à redescendre toute seule sans presque les déchirer. Elle a marqué son territoire en faisant pipi dans le lit de sa nouvelle maîtresse, sur le canapé, sur la moquette du couloir et dans les mules du père.

Elle a miaulé à fendre l'âme quand la mère d'Opaline a décrété qu'il valait mieux qu'elle dorme dans la cuisine plutôt que dans le lit de sa maîtresse.

Elle n'a vomi que cinq fois, le temps qu'on lui donne des croquettes adaptées (j'avais oublié de transmettre la liste de recommandations de la dame).

Maintenant, tout le monde l'adore.

Et je peux témoigner qu'un ragdoll n'est pas

toujours mou. Loin de là ! Djali adore jouer (avec des boules de papier qu'elle déchiquette, avec les orteils d'Opaline qui dépassent du plâtre, avec les oreilles du père d'Opaline. Elle les mordille quand il regarde la télé. C'est la première fois que je vois un chat mordiller des oreilles. Et que je vois un humain prétendre qu'il adore se faire mordiller les oreilles par un chat).

À propos du père d'Opaline, je me dois d'ajouter que, depuis l'épisode de la chèvre, c'est comme s'il était devenu mon meilleur pote. Il m'accueille à bras ouverts et me raconte des blagues encore pires que celles de Patrick.

Opaline guérit à vue d'œil. Elle prétend qu'elle ne souffre plus, même quand Djali se roule sur elle et la chatouille. Elle se déplace avec une aisance stupéfiante, manie habilement ses béquilles et m'a juré solennellement que non seulement elle ne m'en voulait pas du tout pour ce qu'elle appelle « l'accident », mais qu'elle s'en réjouit presque, puisqu'il lui a permis de rencontrer Djali.

En somme, tout va bien.

Tout *irait* bien, sans cette maudite cave.

J'ai l'air d'en faire une montagne. Il n'est donc peut-être pas inutile, chers futuriens, de vous apprendre ce que pouvait contenir, en 2019, la cave d'un humain tel que mon père.

Un humain qui, non seulement, est incapable de jeter quoi que ce soit, mais, en plus, adore *récupérer* des objets. (Parce qu'on ne sait jamais.)

Outre ses vieilles affaires, à tous les âges de sa vie (ses anciens vêtements, ses cahiers, ses classeurs, ses cours de fac, sa collection de cassettes vidéo, sa collection de petites voitures, sa collection de journaux, sa collection de petites cuillères (oui), ses disques vinyle, ses albums photo), la cave contient des appareils électroménagers hors d'usage (on pourra peut-être les réparer un jour), des rouleaux de papier peint, du matériel de bricolage (il n'aime pas bricoler mais il s'y mettra bientôt, c'est sûr), les cadeaux de ses beaux-parents qui, a priori, ne lui plaisent pas (toutefois, qui sait ? On peut toujours changer d'avis), les piles de revues auxquelles il s'est abonné parce qu'il bénéficiait d'un tarif promotionnel, et les gadgets offerts avec les abonnements.

D'accord, me direz-vous. Mais mon père a bien le droit de garder ce qu'il veut dans sa cave, après tout. Pourquoi faut-il *ranger* ?

Parce que les objets que j'ai mentionnés (et qui ne constituent, je pense, qu'un petit tiers du contenu du sous-sol) sont, en plus de tout, *mélangés*.

Oui, parce que mon père a horreur de trier. Parfois il lui arrive de se procurer des cartons ou des caisses, mais il les entasse, eux aussi. Plusieurs étagères en kit jonchent le sol. Il a eu la flemme de les monter. Il a perdu des vis. Ses outils ne sont pas adaptés, ça l'agace, il laisse tomber.

– Ce n'est pas un travail si énorme, prétend-il. Il suffit de reformer les piles, de remplir les caisses, de les entasser, de classer le matériel et, très éventuellement, de jeter les choses *vraiment* inutiles. Il faudra d'abord me les présenter pour que je détermine si on ne peut pas les conserver quand même.

Au moment où je m'apprête à descendre à la cave, tel un enfant des temps anciens honteusement exploité (il paraît que Victor Hugo a composé un beau poème là-dessus), on sonne à la porte.

Je souris. C'est Patrick. Je me demande comment j'ai pu, au début, le trouver *spécial*. C'est à cause de Théo et de sa façon stupide de juger les gens. Je me demande aussi comment j'ai pu apprécier Théo. J'ouvre la porte.

Patrick est là, en effet.

Mais il n'est pas seul.

Ses parents l'accompagnent.

– Bonjour, Thomas ! Équipe d'intervention de choc pour l'opération ragdoll ! clame son père.

– J'ai apporté de quoi nous soutenir le moral ! annonce sa mère en agitant un paquet de nourriture interdite.

– Heu… C'est très gentil à vous, balbutie mon père, un peu gêné, mais Thomas va se débrouiller tout seul. Vous savez, c'est une mesure symbolique, histoire de lui apprendre la vie.

– T'inquiète, Jean-Yves, le rassure le père de Patrick. On a amené du renfort.

Et là, la situation se complique légèrement parce que nous découvrons, derrière eux, une bande de types souriants. Je les reconnais. C'est le gang qui se tenait au bas de l'immeuble de Patrick, quand nous sommes allés lui rendre visite. Les gars de la cité Jacques-Prévert.

– Ça va ou quoi ? demande celui qui semble être leur chef, un grand escogriffe avec deux anneaux dans le nez et un dans le lobe de l'oreille droite.

Sans attendre de réponse, ils entrent en file indienne, essuyant machinalement leurs godasses énormes sur notre petit paillasson.

La suite est assez confuse.

Avec une efficacité qui me laisse absolument stupéfait, ils se mettent à *ranger la cave*.

À la ranger *vraiment*.

Je ne pourrais pas expliquer en détail comment ils s'y prennent, mais c'est un fait, l'espace se modifie à vue d'œil. Ils font la chaîne, s'envoient des objets, les entassent, les empilent, les classent, montent les meubles, fixent des étagères aux murs, dressent des colonnes de cartons.

Et le tout sans cesser de parler très fort, par-dessus la musique qui s'échappe de leurs enceintes portatives et qui fait trembler les vieux murs humides. Une chose est sûre, ces gens maîtrisent parfaitement le vocabulaire du collège.

– Les caves, ça nous connaît, m'assure leur chef en transportant une pile de disques vers un fourgon délabré, stationné devant la maison. Dans la cité, on y passe beaucoup de temps.

– Heu, excusez-moi, intervient mon père. Est-ce que je pourrais savoir ce que vous faites avec mes vinyles ?

– Pas de souci, répond le type. On connaît

quelqu'un qui pourra en tirer un peu de blé. Pas grand-chose, mais c'est déjà ça.

Comme il s'apprête à protester, ma mère lui pose la main sur l'avant-bras.

– Laisse-les faire, Jean-Yves. C'est l'occasion de te débarrasser de toutes ces vieilleries.

Puis elle lance à l'intention des déménageurs :

– Embarquez le plus de choses possible, les garçons ! Libérez de l'espace !

Contre toute attente, c'est donc une journée absolument formidable. Je n'ai pas grand-chose à faire. On trouve le temps de bien rigoler avec Patrick en lisant les vieilles rédactions de papa, quand il avait notre âge.

– Tu as de la chance d'avoir des copains aussi dévoués, lui dis-je à un moment.

– C'est aussi parce que la fille que j'ai défendue, à l'école, celle qui était harcelée, tu te rappelles ?

– Oui. C'est un peu grâce à elle que tu es arrivé dans notre école.

– Eh bien, c'est la sœur de Jeff, leur chef.

Je réfléchis à l'entremêlement des choses, des effets, des causes, les bandes rivales dans la cité, la création du club, les bettes, Victor Hugo, Djali. Je ne sais pas quoi en conclure. Sinon que la vie ressemble à une cave en désordre.

En tout cas, vers la fin de l'après-midi, la nôtre est impeccablement rangée. Et le garage aussi.

Mon père erre dans ces espaces dégagés, un peu égaré. Ma mère lui donne le bras. On dirait qu'ils visitent un musée.

– Tu vois, le rassure-t-elle. Ils n'ont pas tout pris. Ils ont laissé ce qui n'avait qu'une valeur sentimentale.

À ma grande surprise, mon père paraît presque soulagé d'être débarrassé de ses collections inutiles. Quand j'y pense, je trouve qu'il progresse. Il a réussi à faire un chèque énorme pour un chat minuscule, il se déleste du superflu. À lui aussi, l'arrivée de Patrick aura été profitable.

Je me demande comment nous avons pu vivre si longtemps sans lui.

J'aurais donc toutes les raisons de me réjouir.

Et pourtant, vers 6 heures du soir, quand tout le monde est reparti et que je me retrouve seul entre mes parents, un mélange de tristesse et de mauvaise humeur s'abat sur moi.

Ou plutôt gonfle en moi, infuse comme une tisane amère.

Les choses s'arrangent, c'est sûr, Opaline va mieux, la cave est rangée, nous avons survécu à la catastrophe.

Mais moi ?

MOI ?

Je me retrouve sans le sou, sur la paille. Ma tirelire est vide. Aucun espoir de pouvoir me payer la nouvelle version de *Dragons d'or.* Je suis condamné à rejouer sans fin les mêmes parties, à gravir les mêmes échelons, à atteindre les mêmes niveaux. À mettre le couvert, à débarrasser la table. Des piles d'assiettes encombrent mon horizon.

Et tout ça à cause de qui ?

Nul besoin de réfléchir beaucoup pour trouver le coupable.

Théo.

Théo et ses idées idiotes. Théo et sa jalousie. Son mépris pour Patrick. Ses manigances. Non, chers futuriens, non, non, j'aurais bien aimé que mon journal délivre un message optimiste et fraternel, mais il faut se rendre à l'évidence : il existe des méchants, des vrais. Des abrutis. Des crétins. Des égoïstes. Et Théo en offre un parfait spécimen.

Je suis furieux.

Dire qu'il va me falloir attendre quinze jours pour lui dire enfin en face tout le mal que je pense de sa petite personne.

On sonne.

Je me dis d'abord que c'est Patrick ou l'un de ses potes qui a oublié quelque chose. Ou les parents de Patrick pour l'apéritif. Ou peut-être Opaline et ses parents, qui sait ? Avec Djali ?

J'ouvre, sourire aux lèvres, heureux que le

destin vienne me distraire de ma mauvaise humeur.

Et là, je jure que c'est vrai, pourtant je suis le premier à détester les coïncidences, dans les histoires, c'est une des raisons pour lesquelles les livres me déplaisent. Parce qu'ils ne ressemblent pas à la vraie vie. Ils sont cousus de coups de théâtre et de grossières invraisemblances.

Sauf qu'indiscutablement je dois me rendre à l'évidence.

Théo se tient sur le seuil de ma porte.

Théo avec son petit sourire hypocrite et son air sûr de lui. Et, comble du comble, il me tend… Vous ne devinerez jamais. Une boîte de tartelettes au citron.

– Salut, mec, profère-t-il. Ça gaze ?

D'habitude, il peut arriver que mes réactions soient légèrement décalées par rapport à la situation. On aura peut-être eu l'occasion de s'en apercevoir ici ou là dans ce journal.

Mais là, alors là, là vraiment, il tombe à pic, le Théo. Parce que je viens justement de réviser dans ma tête tout le mal que je pense de lui, tous mes sujets de mécontentement à son égard, tous mes… (dictionnaire) tous mes GRIEFS.

Et je les lui déballe d'un bloc, mes griefs. Son égoïsme et tout ça. Relisez, c'est écrit plus haut.

– Tu… tu pensais te racheter, conclus-je, à bout de souffle, en m'offrant des tartelettes ?

Il baisse la tête, piteux, mouché, confus, minable, piètre, misérable et navrant.

– Pas exactement, répond-il.

Comment ça, « pas exactement » ? Comment peut-on offrir *pas exactement* des tartelettes ?

– J'ai tout mis dans une boîte de la fameuse pâtisserie, reconnaît-il. C'est… une sorte de symbole, tu comprends ?

Non, je ne comprends rien. Qu'est-ce qu'il a mis dans cette boîte ? Ma stupéfaction semble le déconcerter.

– Ton père ne t'a rien dit ?

– Mon père ?

Et justement, le voilà, mon père. Il me pose une main sur l'épaule.

– Ah, tiens, bonjour, Théo ! Entre !

Et il entre. Comme chez lui. Avec sa boîte.

– Ouvre-la ! me propose mon père.

Et il adresse un clin d'œil à Théo.

Un clin d'œil ?

J'ouvre. La boîte contient des billets de banque.

– Mille euros tout rond, annonce Théo, triomphalement. De la part des potes.

Ma mâchoire se décroche. Je me tourne vers mon père qui pouffe bêtement.

– Tu… tu étais au courant ?

– Eh oui ! Figure-toi que Théo m'a téléphoné l'autre jour pour me l'annoncer. Tu as de la chance d'avoir des amis de cette trempe, mon fils !

– L'autre jour ? Quel autre jour ?

– Mardi dernier, pendant que tu étais chez Opaline.

Je réfléchis. Mardi dernier. Le jour où je lui ai annoncé notre projet d'acheter un ragdoll. Le jour où il tripotait son menton en *faisant semblant* de réfléchir. Le jour où il a proposé de m'avancer l'argent. Le jour où il m'a fait accepter ses conditions. La cave, le garage, le couvert, l'argent de poche.

– Ben, oui, explique Théo. Quand tu as refusé que je contribue à l'achat du chat, j'ai d'abord été très en colère. Et puis je me suis raisonné. Tu avais peut-être une ou deux raisons de m'en vouloir. Alors j'ai prévenu les potes en cachette, et ils ont tous accepté de participer.

– Mais… mille euros. C'est énorme ? Comment vous avez fait ?

– Oh, tu sais, divisés par vingt-cinq, ça fait quarante par personne. Ils ont cassé leur tirelire ou supplié leurs parents. Moi, j'ai mis un peu plus. Toutes mes économies, en fait. Parce que bon, j'avoue, j'étais un peu responsable. La maîtresse aussi a participé.

Sans lui répondre, je fixe mon père.

– Mais pourquoi tu… tu ne m'as rien dit ?

– Eh bien, sourit-il, d'abord parce que, grâce à cette petite ruse, ma cave et mon garage sont maintenant rangés. Un peu trop à mon goût, mais, enfin, il faut savoir faire de menus sacrifices. Et puis je voulais voir jusqu'où tu étais capable d'aller par amour. Je suis fixé.

– Par amour ? demande Théo.

– Oui. Thomas est éperdument amoureux d'Opaline. Il était prêt à accomplir gratuitement les pires corvées pendant deux ans pour lui offrir un chat. Moi, j'appelle ça l'amour fou.

– C'est clair, confirme Théo.

– Bien, poursuit mon père en comptant les billets. Je récupère ce que tu me dois et je te restitue ton argent de poche parce que je ne suis pas rancunier.

Et il me rend quarante euros.

La bouche sèche, je trouve l'énergie de protester.

– Il… il y avait un peu plus.

– Sans doute, mais tu oublies l'essence qu'il m'a fallu mettre dans la voiture pour aller chercher Djali et la conduire chez Opaline. Tope là, mon garçon. Nous sommes quittes.

Nous topons. Pas le choix.

– Bon, annonce Théo. Je vais vous laisser. Au revoir, monsieur. Et… bonnes vacances, mec.

Je le raccompagne à la porte.

– Euh… tu sais, Théo, ce que je t'ai dit, tout à l'heure…

– C'est bon. Tu étais vénère. Je comprends.

– Et ne tiens pas compte des divagations de mon père au sujet de mes prétendus sentiments pour Opaline.

– OK. Tu ne la kiffes pas du tout, c'est ça ?

– Voilà. Je ne la kiffe absolument pas.

– Dans ce cas, la voie est libre pour moi. Je te le dis entre nous, moi, elle me plaît beaucoup. Dès qu'elle ira mieux, je passe à l'attaque.

Et il s'éloigne en m'adressant un petit signe accompagné d'un sourire exaspérant.

Je n'ai vraiment pas le cœur de noter la date d'aujourd'hui.

Sans vouloir me vanter, franchement, cette histoire aurait presque pu devenir un livre. Avec un héros, moi, qui serait aussi le narrateur (la maîtresse nous a appris le mot, et il est plutôt stylé), une héroïne, des aventures, des animaux, tout ça. Pas un livre de Victor Hugo, mais bon, pas loin.

Mais non.

Impossible.

La fin est beaucoup trop triste.

Pas seulement parce que papa a recommencé à remplir la cave. De voir tout cet espace vide, ça lui a donné l'idée d'entamer de nouvelles collections (coquillages, assiettes, badges…). Il a même retrouvé ses vinyles dans une brocante et les a rachetés pour un prix raisonnable.

Vraiment, j'aurais voulu conclure mon livre sur une scène chez Opaline. La dernière fois que nous y sommes allés avec Patrick, par exemple. On a joué toute l'après-midi, Djali a déjà beaucoup grandi, elle nous adore tous les trois, Opaline est dans une forme éblouissante et resplendit. C'est elle qui nous a lu de longs chapitres de *Notre-Dame de Paris*, et Patrick a résisté un bon quart d'heure avant de s'endormir, Djali sur les genoux.

Franchement, comme conclusion, c'était top. Patrick endormi, Opaline qui arrête de lire, m'adresse un sourire énigmatique, se penche, nos lèvres se touchent…

Oui, si j'avais vraiment voulu écrire un livre, il aurait fallu une touche de romantisme.

Mais la réalité n'est pas romantique. J'en suis sûr, maintenant.

D'abord, parce que, quand Patrick s'est endormi, Opaline n'a pas posé ses lèvres sur les miennes. Elle l'a regardé et a dit qu'il était quand même trop mignon. Mais ce n'est pas le pire.

Le pire, c'est ce qui s'est passé deux jours plus tard.

Présent de narration.

On sonne vers 6 heures du soir.

C'est moi qui vais ouvrir. Patrick et ses parents.

Ils font une drôle de tête, tous les trois. Sa mère porte la robe de maman, son père une bouteille de vodka.

– Quelle bonne surprise ! ment mon père.

Bon, on s'installe pour l'apéritif, et je devine exactement ce que pense papa. Il se dit que cette famille est bien gentille, mais qu'il va falloir qu'ils cessent de débarquer comme ça, à l'improviste, et de faire comme chez eux. Moi, ça m'amuse. Bien fait pour lui. Je lui en veux encore pour l'affaire de la cave.

Ça m'amuse mais, en même temps, je sens monter une légère inquiétude. C'est à cause de la façon dont Patrick me regarde. Il n'est pas du tout comme d'habitude.

– Bon, voilà, annonce son père après avoir bu une gorgée pour se donner du courage. Il y a une bonne et une mauvaise nouvelle.

Il reboit une gorgée parce que son courage faiblit déjà.

– La bonne nouvelle, c'est qu'on a retrouvé du travail. Tous les deux. On a eu beaucoup de chance. Il y avait deux postes à pourvoir dans la même boîte, et on les a décrochés ! Une chocolaterie. Ça va nous changer de l'abattoir.

– C'est fantastique ! lance papa en levant son verre.

– C'est fabuleux ! confirme maman.

Moi, je ne dis rien. J'attends la mauvaise nouvelle. Et elle arrive très vite. C'est Patrick qui l'annonce en me regardant.

– Par contre, on va devoir déménager. La chocolaterie se trouve à l'autre bout de la France. Huit heures de route.

Là, je laisse un blanc. Un blanc de narration.

C'est ce qui se passe dans ma tête.

Du blanc.

Pourtant la Terre continue de tourner pendant ce blanc. Mes parents parlent. Surtout mon père. Les verres se vident. Mais je n'entends rien. Je ne vois que les yeux tristes de Patrick.

Et puis, tout à coup, il se lève, met la main dans la poche de son pantalon et en tire un petit objet plat et rectangulaire. Je reconnais ce carnet noir. C'est celui dans lequel il avait noté le numéro d'Opaline. Il s'en était servi le vendredi 5 février. À l'époque, je voulais qu'il sorte de ma vie.

– Qu'est-ce que tu fais ? demande sa mère.

– Un potlatch.

Patrick continue à me regarder.

– Tu te souviens ? Le jour où on s'est rencontrés, je t'ai dit que je tenais un journal intime. Comme toi. Alors, avant de partir, je me suis dit que j'allais te le laisser. Tu sauras en détail ce que je pense de toi. Pourquoi j'ai su, dès que je t'ai vu, qu'on serait amis. Pourquoi chaque moment que nous avons partagé me l'a confirmé.

Il se tait. Le blanc, dans mon esprit, se dissipe. Je commence à comprendre ce qu'il attend. Un potlatch.

Je tends la main, j'attrape son carnet. Il est tout chaud.

– OK, dis-je. Attends une minute. Je reviens.

Je monte l'escalier quatre à quatre.

Je m'enferme dans ma chambre.

Il veut que je lui offre mon journal intime en échange du sien. Pour sceller notre amitié. Pour savoir ce que, moi, je pense de lui.

Mon Dieu. Que faire ? Pas le temps de relire, de raturer. Je repense à certaines choses que j'ai écrites à son sujet. Un loser. Son surpoids. Sa frange. Et sûrement pire.

Tant pis.

Patrick, je t'offre ce journal. Tu seras le premier à le lire, juste avant les habitants du futur.

Je griffonne à toute vitesse pendant que tu attends en bas avec les adultes. Je consigne les derniers événements. Tu vois, je ne te cache rien. Pas de triche. C'est un potlatch.

J'ignore si tu comptes faire tes adieux à Opaline. Tu vas lui briser le cœur. Mais ne t'inquiète pas. Djali et moi, on s'efforcera de la consoler et de la protéger de Théo.

Bon voyage, mon ami. D'ici quelques mois, tes parents auront les moyens de se payer un abonnement Internet, et on s'écrira. Peut-être même qu'on pourra jouer à Dragons d'or ensemble. La nouvelle version est connectée.

Ou alors, peut-être que tu vas juste continuer à feuilleter tes livres sur les nuages.

Il est temps de redescendre. Je vais refermer définitivement ce carnet et te l'offrir.

Ça me fait drôle.

Ce soir, j'ouvrirai le tien. Je vais le dévorer, j'en suis sûr. Tu seras mon deuxième auteur préféré, après Victor Hugo.

Je vais apprendre plein de choses sur moi.